百年文学主流 ★ 小说大系

总主编 张清华 翟文铖

本册主编 刘诗宇

明镜台

碰撞与革新

"十七年"的探索小说

山东城市出版传媒集团·济南出版社

图书在版编目（CIP）数据

明镜台 / 耿龙祥等著 . — 济南：济南出版社 ,2022.1
（百年文学主流小说大系 / 张清华 , 翟文铖主编）

ISBN 978-7-5488-4942-1

Ⅰ .①明… Ⅱ .①耿… Ⅲ .①中篇小说—小说集—
中国—当代②短篇小说—小说集—中国—当代 Ⅳ .
① I247.7

中国版本图书馆 CIP 数据核字 (2022) 第 001734 号

百年文学主流小说大系·明镜台
本册主编：刘诗宇

责任编辑：宋涛 姜天一
装帧设计：牛钧

出版发行：济南出版社
编辑热线：0531-82772895
地址：山东省济南市二环南路 1 号
印刷：济南新科印务有限公司
版次：2022 年 1 月第 1 版
印次：2022 年 1 月第 1 次印刷
成品尺寸：148mm x 210mm 1/32
印张：7.5
字数：167 千字
印数：1—5000 册

定价：56.00 元

总序

自从 1918 年 5 月 15 日 4 卷 5 号的《新青年》上刊载了现代中国第一篇白话小说《狂人日记》至今,新文学已走过了百余年历史。百年以来,新文学始终与现代中国社会历史的风云变迁相互交织激荡,从启蒙到救亡,从民族解放到社会变革,所有重大的事件、历史的转折,还有这一切背后的精神流变,都在文学中留下了生动的印记。

因此,本套丛书的出版目的,即是要通过对经典作品的系统梳理,完整而形象地再现这一过程,展示其历史与精神景观。每篇作品都承载着一段民族记忆:或是一个历史的瞬间,或是一个生活的小景,或是一朵思想的火花,或是一道情感的涟漪,但这一切都与大历史的变迁息息相关,都与社会进步的洪流汇通呼应。

为了尽量完整地呈现这种历史感,我们按照时间线索,依循文学史演变的轨迹,选择了若干重大的现象,它们或属文学流派,或是文学运动,总之都是百年新文学中最接近于社会主流运动的部分,故称之为"百年文学主流"。这一名称,得自丹麦文学史家勃兰兑斯的《十九世纪文学主流》的启示,同时也贴合着百年新文学的实际。

这套丛书的定位是普及本，阅读对象首先是普通读者、文学爱好者，包括广大学生读者，其次才面向专业研究人员。因此，主题内容上的积极健康是我们选编持守的一个基本标准。选文尽力容纳每个时代最具代表性的作品，因为它们更多承载着时代的主导价值和进步的精神追求，且能让我们以最直观的方式感受到历史跳动的脉搏。

除了上述要求外，最能体现本丛书编选特色的，是我们还特别关注作品的艺术性和可读性。尽管是"主流"，但绝不意味着对于艺术标准的忽略。同样是某一时期的作品，我们会尽量选取那些艺术上更为成熟和讲究的，如孙犁的《铁木前传》、宗璞的《红豆》、王蒙的《组织部来了个年轻人》这些脍炙人口的名篇；甚至还有一些特别富有艺术探索倾向的作品，像魏金枝的《制服》、萧红的《手》、端木蕻良的《爷爷为什么不吃高粱米粥》、萧平的《三月雪》等，都采用了儿童的叙事视角，通过对视野的限制和陌生化处理，使叙述显得更富有诗意。

正是因为对艺术标准的注重，这套丛书还选入了一些相对"另类"的篇目，在其他普及本中难得一见。如洪灵菲的《在木筏上》、曾克的《女神枪手冯凤英》、秦兆阳的《秋娥》、徐怀中的《十五棵向日葵》、海默的《深山里的菊花》等等，不一而足。这些作品要么在人物与故事上更加新奇，要么在风格上更为独特和陌生，总之都会给读者带来更新鲜的体验。

长篇小说是"百年文学主流"中的砥柱之作，但篇幅所限，无法像中短篇那样尽行选入，只能在今后该丛书的其他分类卷次中一一展现。

丛书以历史的流变和风格的趋近为划编依据，分为以下 10 卷：

《天下太平》　　普罗文学与"左联"小说

《没有祖国的孩子》　"东北作家群"小说

《暴风雨的一天》　抗战时期的"左翼"小说

《喜事》　　　　解放区的翻身小说

《一颗未出膛的枪弹》　解放区的战争小说

《喜鹊登枝》　　"十七年"的合作化小说

《十五棵向日葵》　"十七年"的革命历史小说

《明镜台》　　　"十七年"的探索小说

《第十个弹孔》　新时期的反思小说

《阵痛》　　　　新时期的改革小说

　　将"东北作家群"独立编为一卷，是有特别的考虑。早在九一八事变以后，东北作家群已开始了四处漂泊的生活，创作出大量以悲情怀乡与抗日救亡为主题的作品，这应该是中国最早的"抗战文学"了。这个作家群后来与"左翼"作家非常贴近，萧军、萧红等深受鲁迅影响，亦是人所共知的事，因此，他们又被视为"左翼"创作的重要力量。将他们单列出来，除了因为其作品数量庞大，当然也是为了凸显该作家群的渊源与风格的独特性。

　　另外还需交代的，是每卷前面有一个编选序言，简要说明了该卷所涉作品的总体倾向、艺术特点、文学史地位等。每篇作品均配有一个简要的导读，分"关于作家"和"关于作品"两个部分。"关于作家"是一个作家小传，介绍作家的生平和创作简历；"关于作品"则主要介绍所选作品的思想艺术价值。所有导读文字，力图做到学术性和通俗性的结合，以让中学生和普通读者能够读懂。

至于文本版本的选定，原则上原始版本（初刊本或初版本）优先，亦选用"新文学大系"等权威选本中的文本，还有作者本人声明的定本或其他善本。每卷的字数大体均衡，约为 16～18 万字。此外，为保持作品原貌，使读者更易对写作时代的特点和笔触的风格产生深刻理解，对其中与现代用法不尽一致的字词暂做保留。

本丛书的编选者，或在高校任教，或在研究机构任职，或在国内外修读博士，但都是专门从事中国现当代文学专业研究的学者。依照本套丛书的选编顺序，编者们的具体分工如下：第一卷和第二卷由周蕾负责编撰，第三卷由黄瀚负责编撰，第四卷和第七卷由翟文铖负责编撰，第五卷由施冰冰负责编撰，第六卷由张高峰负责编撰，第八卷由刘诗宇负责编撰，第九卷由薛红云负责编撰，第十卷由陈泽宇负责编撰。

成书之际，适逢建党百年。百年风云舒卷，百年洪流激荡，百年文学亦堪称硕果累累。作为这一"主流"的一个汇集，一个展示，足以令人心潮澎湃。愿此书能够给亲爱的读者们带来一份慰藉，一份喜悦。

张清华　翟文铖

2021 年 6 月 8 日，于北京师范大学京师学堂

序

今天的文学读者可能不熟悉的是，在"十七年时期"（1949年至1966年），不同作家的文学创作在主题、人物、语言上都有着高度的一致性。这种一致并不一定是某种先进文化影响带来的，而更多是后天规约、形塑的产物。在这种情况下，许多作家通过自己的方式展开了探索，他们的创作共同汇聚成了"十七年文学"中的一股独特潮流。本书选取的篇章，都是"十七年"探索小说中的代表作品。

在当时，文学界的探索大致经历了三个阶段：

第一阶段是20世纪50年代初期，例如本书选取的萧也牧《我们夫妇之间》，着力描写新中国成立之后的日常生活及其反映出的人性问题。

第二阶段是1956年至1957年上半年，随着毛泽东提出"百花齐放、百家争鸣"的科学、文化发展方针，中国思想文化领域出现变革的迹象，许多批判社会现实、反映真实人性的作品浮出水面，例如本书选取的王蒙《组织部来了个年轻人》、陆文夫《小巷深处》、李国文《改选》等都是这一阶段的代表作品。

第三阶段是20世纪60年代初期，随着国家在政治、经济、文化的"大跃进"中显现出了危机与问题，作家们也再度开始反思现实。上述"百花时期"的许多年轻作家接连在"反右派运动"

开展后遭到批判并被限制文学创作，因此这一时期的创作者主要是"老作家"，如陈翔鹤、孟超、田汉、冯至等在新中国成立前就已经享有文名的作家。他们的作品经常"托古喻今"，例如本书选取的陈翔鹤《陶渊明写〈挽歌〉》等作品，通过描写历史中"不得志"的具体人物，来表达自己对于现实的疲倦与不满。

一般而言，从 20 世纪初到今天，这一百多年的中国文学史以 1949 年中华人民共和国成立为界，被分成"现代文学"与"当代文学"两个部分。"当代文学"真正的学科化肇始于 20 世纪 80 年代，在当时乃至今天，"十七年文学"都是当代文学史的"半壁江山"，是重要的组成部分之一，然而这里却存在着一个"悖论"。

在人们的常识中，"写得好"的作品才值得进入文学史，唐诗宋词、"四大名著"莫不如此。但是无论普通读者还是专业的文学研究者，都普遍认为"十七年文学"整体艺术水平堪忧——主题与人物形象单一、故事情节与叙事手法单调、缺乏人性和思想性的深度探讨，简单说就是"写得不够好"。那么这段时期为什么还能进入文学史？学者找出了很多角度和办法来解释，诸如从意识形态、社会影响、生产机制角度入手，试图证明这一时期的文学作品有"独一无二"的价值，但总还是难以服众。对"十七年文学"的文学史研究已经蔚为大观，但相关的争论还是不绝于耳。

这种情况下，"十七年"探索小说的价值就浮现出来了。如果说今天我们的文学评价标准看重"启蒙"与"文学性"维度，那么这些探索小说则集中了那个时期少数能与这一维度对接的作品，从"文学性"和"思想性"角度，"十七年"探索小说是这一时期当之无愧的"门面"。

总体来说，"十七年"探索小说着重表现理想与现实、新观念与旧观念、集体主义与个人主义之间的矛盾。它们与同时期的大多数作品对于什么是"真实"有不同的理解，并且常常从这几项对立中的后者角度出发，集中表现人性中的"光明面"与"阴暗面"，以及新中国成立后社会上存在的诸多问题。这就使得"十七年"探索小说在后来的评价体系中体现出了更明显的启蒙立场与思想上的深刻性。部分探索小说还不满足于"社会主义现实主义"的创作手法，力图使用更复杂一些的叙事形式呈现"真实"，其中类似茹志鹃《百合花》，俨然已经展现了"意识流"的端倪。因为有这些作品存在，"十七年文学"不至于在某些方面"完全空白"。

这就是"十七年"探索小说的文学史意义。其实除了历史意义，这些作品对于今天的读者而言还有着现实意义。"百花齐放、百家争鸣"时至今日仍然是推动社会主义文化繁荣兴盛的重要方针，"十七年"探索小说正是"百花齐放、百家争鸣"精神的最初产物。历史与当下是相通的，在"十七年"时期，作家经历了很多挫折与困难，才让中国文学有了日后的积极、繁荣局面；回望过去那些深入人心的故事与形象，我们将会得到关于未来的启示。

编　者

目录

我们夫妇之间

萧也牧

【关于作家】

萧也牧（1913—1970），浙江吴兴人，原名吴承淦。20世纪30年代末到晋察冀边区参加革命，担任《救国报》《前卫报》编辑和铁血剧社演员；1939年开始发表文学作品；20世纪50年代初因发表《我们夫妇之间》等受到批判；1957年又被定为"右派分子"。在中国青年出版社工作期间，他担任《青春之歌》《红旗谱》的责任编辑。"文革"期间再次受到批判、迫害，死于"五七干校"。

【关于作品】

小说写的是夫妻矛盾。夫妻二人在革命过程中相识、相知、相恋，那个时候物质匮乏、生活艰苦，两个人其乐融融。等革命胜利，在新的生活中，两人的差别却显露出来，丈夫的来自城市生活的"小资情调"重新复活，他重新审视生活，也重新审视那过于朴素而不甚美丽的妻子；一直在农村生活，苦惯了的妻子也看不惯丈夫的小资作风，于是两个人的关系一度破裂……到了最后，夫妻还是从对方的身上看到了闪光点，故事的结局是团圆。

故事的情节很简单，但小说和作者的命运却不简单。夫妻间因为性格差异、追求不同，吵架拌嘴乃至协议离婚，在今天看来都是再平常不过的事。但在小说发表的 1950 年，家庭问题却被理解成了政治之争，夫妻之间的小矛盾，被理解成了"小资趣味"和"阶级斗争"之间的大矛盾。小说从"小资"丈夫的视角展开，则被批判为"政治立场"有问题，作者本人也因此罹难。平心而论，虽然丈夫是主人公，城市生活的趣味也更容易被今天的人认同，但作者本人其实更多站在妻子的视角上想问题。20 世纪五六十年代的文学作品，喜欢用空洞苍白的口号语言图解政治，但萧也牧则在日常矛盾中将妻子象征的当时的主流政治立场写得很"可爱"。这从文学角度来看殊为不易，但作者却因为这种"出众"而遭遇厄运，实在令人叹惋。这篇小说不仅是一个出色的故事，更让我们对一个时代有了生动的感知。

一 "真是知识分子和工农结合的典型！"

我是一个知识分子出身的干部；我的妻却是贫农出身，她十五岁上就参加革命，在一个军火工厂里整整做了六年工。

三年前我们结了婚。当时我们不在一起，工作的地方相隔有百十来里，只在逢年逢节的时候才能见面。所以婚后的生活也很难说好还是坏。只是有一次却使我很感动：因为我有胃病，一挨冻就要发作，可是棉衣又很单薄！那年，正快下雪的时候，她给我捎来了一件毛背心，还附着一封信，信上说：

……天快下雪了！你的胃病怎样了？真叫我着急得不知道怎么着好！我早有心给你打件毛背心，倒也不是羊毛贵，就是钱凑不够！我就在每天下午放工以后，上山割柴火，可是天气太短了！一下工，天很快就黑了！所以一直割了半个多月，才割了不少柴火，卖给厂里的马号里了，卖了二千块边币，称了两斤羊毛，问老乡借了个纺车，纺成了毛线，打了这件毛背心！

因为我不会打，打得又不时样又尽是疙瘩，请你原谅！希望你穿上这件毛背心，就不再发胃病，好好为人民服务……

我读着这封信，我仿佛看到了她那矮小的身影，在那黄昏时候，手拿镰刀，独自一个人，弯着腰，在那荒坡野地里，迎着彻骨的寒风，一把，一把，一把地割着稀疏的茅草……

她这样做，完全是为着我！为着我不挨冻，为着我"不再发胃病，好好为人民服务……"突然，我流泪了！可是我感到了幸福！

两年以后的秋天，我们有了小孩，组织上就把我们调在一块工作。那时，我们住在一个叫"抬头湾"的山村里。

每当晚上，我在那昏黄的油灯下赶工作。她呢，哄着孩子睡了以后，默默地坐在我的身旁，吃力地、认真地、一笔一画地练习写大楷……

山村的夜是那样的静寂，远远地能听见胭脂河的流水，"哗哗"地流过村边。时间该是半夜了吧，我想她又是照顾孩子，又

3

是工作……一定是很累了，就说："你先睡吧！"她一听我的话，总是立刻睁大了有点儿蒙眬了的睡眼："不！"继续练她的大楷……直到我也放下工作。

早上，孩子醒得很早，她就起来哄："嗯嗯听妈妈的话，别把爸爸扰醒了。"孩子才几个月大，当然不懂得，还是嚷！于是她就蹑手蹑脚地起来，抱着孩子，到隔壁老乡屋里的热炕头上哄着去了。

闲时，她教我纺线、织布；我给她批仿，在她写的大楷上画红圈，或是教她打珠算，讨论土地政策……

每天下午，孩子睡着了，我们抬水去浇种在窗前的几棵白菜；到沟里帮老乡打枣，或是盘腿坐在炕上，我搓"布卷"（棉花条儿）、拐线，她纺线，纺车"嗡嗡"地响，声音是那样静穆、和谐……

虽然我们的出身、经历差别是那样的大；虽然我们工作的性质是那样的不同；我成天坐在屋子里画统计表，整理工作材料；她呢，成天和老百姓们打交道！但在这些日子里边，我们不论在生活上、感情上却觉得很融洽，很愉快！同志们也好意地开玩笑说："看你这两口子，真是知识分子和工农结合的典型！"

但是，不到一年的光景，我们却吵起架来了；甚至有一个时候，我曾经怀疑到：我们的夫妇生活是否能继续巩固下去。那是我们进了北京城以后的事。

二 "李克同志：你的心大大地变了！"

今年二月间，我们进了北京。这城市，我也是第一次来，但那些高楼大厦，那些丝织的窗帘，有花的地毯，那些沙发，那些洁净的街道，霓虹灯，那些从跳舞厅里传出来的爵士乐对我是那样的熟悉，调和……好像回到了故乡一样。这一切对我发出了强烈的诱惑，连走路也觉得分外轻松……虽然我离开大城市已经有十二年的岁月，虽然我身上还是披着满是尘土的粗布棉衣……可是我暗暗地想：新的生活开始了！

可是她呢？进城以前，一天也没有离开过深山、大沟和沙滩；这城市的一切，对于她，我敢说，连做梦也没梦见过的！应该比我更兴奋才对，可是，她不！

进城的第二天，我们从街上回来，我问她："你看这城市好不好？"她大不为然，却发了一通议论：那么多的人！男不像男女不像女的！男人头上也抹油！女人更看不得！那么冷的天气也露着小腿；怕人知不道她有皮衣，就让毛儿朝外翻着穿！嘴唇血红红，像是吃了死老鼠似的，头发像个草鸡窝！那样子，她还觉得美得不行！坐在电车里还掏出小镜子来照半天！整天挤挤攘攘，来来去去，成天干什么呵。总之，一句话——看不惯！说到最后，她问我："他们干活也不？哪来那么多的钱？"

我说："这就叫作城市呵！你这农村脑瓜吃不开啦！"她却不服气："你没看见？刚才一个蹬三轮的小孩，至多不过十三四，瘦得像只猴儿，却拖着一个气儿吹起来似的大胖子——足有一百八十斤！坐在车里，翘了个二郎腿，含了支烟卷儿，亏他还那样'得'（得意、自得其乐的意思）！俺老根据地哪见过这！得好好儿改造一下子！"

我说："当然要改造！可是得慢慢地来；而且也不能要求城市完全和农村一样！"

她却更不服气了；"嘿！我早看透了！像你那脑瓜，别叫人家把你改造了！还说哩！"

我觉得她的感觉确实要比我锐利得多，但我总以为她也是说说罢了，谁知道她不仅那么说，她在行动上也显得和城市的一切生活习惯不合拍！虽然也都是在一些小地方。

那时候，机关里还没起伙，每天给每人发一百块钱，到外边去买来吃。有一次，我们俩到了一家饭铺里，走到楼上，坐下了。她开口就先问价钱："你们的炒饼多少钱一盘？""面条呢？""馍馍呢？"……她一听那跑堂的一报价钱，就把我一拉，没等我站起来，她就在头里走下楼去。弄得那跑堂的莫名其妙，睁大了眼睛，奇怪地看了我们几眼。当时，真使我有点儿下不来台，说实话，我真想生气！可是，她又是那样坚决，又有什么办法呢？只好硬着头皮跟着她走！

一面下楼，她说："好贵！这哪里是我们来的地方！"我说："钱也够了！"她说："不！一顿饭吃好几斤小米；顶农民一家子吃两天！哪敢那么胡花！"

出了饭铺，我默默地跟着她走来走去，最后，在街角上的一个小饭摊上坐下了！还是她先开口，要了斤半棒子面饼子、两碗馄饨。大概她见我老不说话，怕我生气，就格外要了一碟子熏肉，旁若无人地对我说："别生气了！给你改善改善生活！"

像这类事，总还可以容忍。我想一个"农村观点"十足的"土包子"，总是难免的，慢慢总会改变过来……

哪知她并不！

那时，机关里来了不少才参加工作的新同志；有男的也有女的。她竟不看场合，常常当着他们的面，一板正经地批评起我来。她见我抽纸烟，就又有了话了："看你真会享受！身边就留不住一个隔宿的钱！给孩子做小褂还没布呢！一支连一支地抽！也不怕熏得慌！你忘了？在山里，向房东要一把烂烟，合上大芝麻叶抽，不也是过了？"

开始，我笑着说："这可不是在抬头湾啦！环境不同了呵！"

她却有了气啦："我不待说你！环境变了，你发了财啦？没了钱了，你还不是又把人家扔在地上的烟屁股捡起来，卷着抽！"

不知道是怎么回事儿，我的脸，刷地红了！站在一旁看热闹的青年男女同志们，本来看得就很有兴趣，这时候，就有人天真活泼地嚷起来："哈哈！脸红啦！脸红啦！"旁的同志也马上随声附和，并且大鼓其掌："红啦！红啦！"这一嚷，我的脸，果真更加发烫了！

我发觉，她自从来北京以后，在这短短的时间里边，她的狭隘、保守、固执越来越明显，即使是她自己也知道错了，她也不认输！我对她的一切规劝和批评，完全是耳边风！常常是，我才一开口，她就提出了一大堆问题来难我："我们是来改造城市的，还是让城市来改造我们？""我们是不是应该开展节约，反对浪费？""我们是不是应该保持艰苦奋斗、简单朴素的作风？"等等。她所说的确实也都是正确的，因此，弄得我也无言答对，这样一来，她也就更理直气壮了，仿佛真理和正义，完全是在她的一边；而我，倒像是犯了错误了！她几次很严肃地劝我："需要好好地反省一下！"

我有什么可反省的呢？我自己固然有些缺点，但并不像她说的那样严重，除了沉默，我还有什么办法？可是，有一次，我忽然再也不能沉默了！我们破例吵了一架，这在我们结婚以来，还是第一次。

在今年六七月间，连日天雨，报上不断登着冀中和冀西一带闹水灾的消息；突然，她的精神也就随着紧张起来了！每天报来，她就抢着去看。我发现，她是专门在找报上所列举的水患成灾的县份和村名……她一面读着，一面不断地发出惊叹："呵呵！怎么得了呀！才翻了身的农民，还没缓过气来，地又叫淹了！呵呵。"

有一次，我正在整理各地灾情的材料，她看着报，就大声嚷了起来："这怎么着好呵！俺村的地全叫淹了！嗳呀！日子怎么着过呀！我娘又该挨饿了呵！怎么着呵？嗳！说呀！你说呀！"这我才发觉她是在征求我的意见。我出口说了句俏皮话："天要下雨，娘要嫁人——谁也没法治！党和政府自会想办法，你操心也枉然！"冷不防，她一伸手，一指头直捅到我的额角上："没良心的鬼！你忘了本啦！这十年来谁养活你来着？"我说："反正不是你家！"她却真的又生我的气了："你进了城就把广大农民忘啦？你是什么观点？你是什么思想？光他妈的会说漂亮话！"我说："谁比得上你的思想！'当当当'的好成分！又是工人阶级出身！"她把桌子一拍："放你妈的臭屁！你别讽刺人啦！"就再也不理我了，好像很伤心的样子。

过了几天，我恰好得了一笔稿费：够买一双皮鞋，买一条纸烟，还可以看一次电影，吃一次"冰淇淋"……我很高兴，我把钱放在枕头芯里，不让她知道。

第二天，我正准备取钱上街，钱却怎么找也找不到了！心里真着急。我只好问她："我的钱呢？"她说："什么？钱？哪里来的钱？你交给谁啦？"我继续找，直找得头上冒烟！她却"噗嗤"一声笑了！我知道准是她拿了，于是我就很正经地说："这钱不是我的！""得了！你别唬弄我没文化了！稿费单上还有你的名字呢！""是，是，我这钱，我有用处！我要去买一套'干部必读'——十二本书！好好加强理论学习，比什么也重要！""谁还知不道谁哩！加强你的'冰鸡宁''烟斗牌'烟去吧！"我一看不对头，只好恳求了："你拿一半行不行？"她却说："我早给家寄走了！"我不免吃了一惊："真的？"她说："唬弄鬼！"

我不知不觉地提高了嗓音："这钱是我的！你不应该不哼一声就没收了！"哪知她的嗓音更大："你没花过我的钱？嗯？你的花被面，你的毛背心是谁的钱买的？"我说："不稀罕！反正你得检讨检讨，你这样做对不对？"她说："对！家里闹水灾，不该救济救济么？"我说："你把钱捐给救灾委员会，那就算你的思想意识强，为什么给自己家里寄呀——那还不是自私自利农民意识！"她却真的火了："反正比浪费强！今儿格黑价（今天晚上）你就不行盖我的被子！"我说："好好好！"我一扭头就走了……

说也笑人！为了这么芝麻粒大的一点事，我们三天没说话，而且觉得很伤脑筋！恰好星期六那天晚上，机关内部组织了一个音乐晚会，会跳舞的同志就自动跳起舞来，这正好解闷，我就去参加了！

我正下场，忽然发现：她抱着孩子来了！一看她的神色，知道糟了！她气冲冲地直窜到我的面前，把孩子往我怀里一塞："你倒会散心！孩子有你一半责任，我抱够了！你抱抱吧！"我说："跳完这一场就回去！"她二话没说，把孩子往旁边的"沙发"上一撩，雄赳赳地走了……

孩子不见他妈，就"哇哇"地号啕起来，和着手风琴的伴奏，发出一种奇怪的音乐，引起了人们的注意。

我红着脸，抱起孩子，回到卧室里去。只见她伏在桌上写字呢！我悄悄地走到她的背后一看，原来她在给我写信："李克同

9

志：你的心大大地变了。"她发觉我来，马上又把纸撕了！

孩子见了妈，挂着两行眼泪，笑着，跳着，"哇哇"地叫，向她扑去，她才接过孩子，解开怀来喂奶，一面走到门边，背贴着门，向我命令地说："不许走！咱们谈判谈判！"

三　她真是一个倔强的人

这些虽然都是非原则问题，但也恰好正在这些非原则问题上面，我们之间的感情，开始有了裂痕！结婚以来，我仿佛才发现我们的感情、爱好、趣味差别是这样的大！

她对我，越看越不顺眼，而我也一样，渐渐就连她一些不值一提的地方，我也看不惯了！比方：发下了新制服，同样是灰布"列宁装"，旁的女同志们穿上了，就另一个样儿：八角帽往后脑瓜上一盖，额前露出蓬松的散发，腰带一束，走起路来，两脚成一条直线，就显得那么洒脱而自然。而她呢，怕帽子被风吹掉似的，戴得毕恭毕正，帽檐直挨眉边，走在柏油马路上，还是像她早先爬山下坡的样子，两腿向里微弯，迈着八字步，一摇一摆，土气十足。我这些感觉，我也知道是小资产阶级的，当然不敢放到桌子面上去讲！但总之一句话：她使我越来越感觉过不去，甚至我曾经想到：我们的夫妇关系是否可以继续维持下去？

幸好，不久她被分配到另一个机关去工作了！我欢欢喜喜地打发她走了，精神上好像反倒轻松了许多！

我想她这种狭隘、保守、固执恐怕很难有所改变的了！她真是一个倔强的人！

我们分手以后，约莫有个半月的时光，她连电话也没来过一个，却对旁人说：离了我她也能活！

可是，我却不能！即使我对她有很多不满，然而孩子总还是十分可爱的！我一想起那孩子的乌亮墨黑的大圆眼，和他那"牙牙"欲语的神气，我就十分怀念！终于还是我先去找她去了！哪知道一见她，她却向我一挥手："今天工作太忙，改日来吧！"

我说她真是个倔强的人。这评语，越来越觉得确切了！特别是又发生了几件事情以后。

她到了那机关不久，找来了一个保姆：姓陈，叫小娟。样子很灵俐，她爸爸是个蹬三轮的工人。

那天正好是星期日，我在她机关里。那"老妈子房"里的掌柜，领着小娟来上工。一进门，指着我们俩，对小娟说："这是小少爷的母亲，这是……"

小娟毕恭毕正地向她鞠了个躬，叫了一声："太太！"哪知道我的妻，一听"太太"两个字，就像是叫蝎子蜇着了似的嚷起来："呀！呀！别叫别叫！我不是'太太'！我是我是……我们解放军里头没有'太太'！我姓张，你叫我张同志好了！记住！我叫张同志！要不你就叫我大姐！"她说着就把小娟拉到炕上，和她并排坐下了。弄得那"老妈子房"的掌柜，先是奇怪，接着也笑了："对对！叫张同志！'太太'那名儿，嘿嘿！不时新了！太封建！太封建！"

我的妻马上就给小娟上起政治课来，说她自己也是个穷人，曾经受过旧社会的压迫，后来共产党来了，她就参加了革命，得到了解放。因为工作太忙，孩子照顾不了，所以请小娟来帮忙，这样，她对小娟说：你也是参加了革命工作，咱们一律平等！和旧社会雇老妈子完全不一样等等。

小娟听得很高兴，不住嘴地说："您说得真好！您说得真好！"

小娟这孩子，虽说是灵俐，可是记性并不好，一不小心，常常又叫"太太"了！每逢这工夫，我的妻决不放松，一定及时纠正，并且又得上一堂政治课！弄得小娟反倒很不安了！

自从小娟来了以后，我的妻几次三番给我打电话，要我给小娟找识字课本，找笔墨纸砚，并且还给她订了学习计划：一天认五个字、写一张仿帖，一星期还有一堂政治课。我的妻自任文化教员兼政治教员。

每次周末的晚上，我去找她的时候，总是见她在给小娟上课，一板正经地念道："穷人、要、翻身、团结、一条心、永远、跟着、共产党、前进。"小娟就跟着念："穷、人、要、翻、身……"不知道为什么，我有点儿感动了！心想：她真是个倔强的人呵！

有一次周末的傍晚，我们从东长安街散步回来，看见"七星舞厅"门口，围着一圈人。过去一看，只见有一个胖子，西服笔挺，像个绅士，一手抓住一个十三四岁的小孩，一手张着五个红萝卜般粗的手指，"劈！劈！拍！拍！"直向那小孩的脸上乱打，恨不得一巴掌就劈开他的脑瓜！那小孩穿着一件长过膝盖的破军装，猴头猴脑，两耳透明，直流口水杀猪般地嚷着："娘嗳！娘嗳！"嘴角的左右，挂下了两道紫血……

看热闹的人，越来越多，抄着手的，微弯着头的，口含着烟卷儿的……但是，都很坦然！

这情景，在我看来，也已经是很生疏的了，觉得很不顺眼，正想问问，忽听得人群里有人喝道："住手！你凭什么压迫人！"嗓音又尖又高。

一瞬间，我突然发现：那人不是别人，正是她，是我的妻！

这时候，她昂头挺胸地站在那胖子的面前，正像武侠小说里所描写的——那种"路见不平、拔刀相助"的侠客的神气！我突然觉得精神上有点儿震动，但同时，马上又模糊地想：她真是好管闲事！不知道怎么着才好……

那胖子仍然一手拧住那小孩不放，一手贴到花领结上，很有礼貌地微微一笑，心平气和地向围着的人们说："这小子，太可恶，太可恶！不知道的人，以为我压迫人，其实，不然！我这个舞厅，是在人民政府里登记了的，是正当的营业，是高尚的娱乐！拿捐，拿税……而他，这孩子，却用石头子儿，往里——"他一挥手："扔！如果，把我的客人们，全撵走了，那么，我——又当如何呢……"他还想接着演讲，却叫我的妻打断了他的话：

"你说得对！这孩子扔石头子儿，也可以说是一个错误！可是，我们是有政府的有秩序的！不是无政府主义！就说他犯了天大的法，也应该送政府法办！你有什么权力随便打人？嗯？有什么权力？你打得他满嘴流血，好像你还受了屈似的？嗯？让大伙儿评评理！"

这时候，人群里就有人嚷起来："对对对！这同志说得对！"

有一个苦力模样的人，也就走到那胖子面前，转过身来，指着那胖子向大伙儿说："这位先生说得不假！这小孩儿是往舞厅里扔了一个石头子儿！我亲眼看见的。"

胖子马上微笑点头："诸位听着！不假吧？光凭我一个人说不行！不行！"

那苦力接着说："可惜这位先生说得不全！那小孩儿凭吗平白无故地扔石头子儿哩？是那么一回事儿：刚才他在舞厅门口向客人们要钱，这位先生撵他走，他走慢了一步，这位先生'啪'地给了他一个响锅贴（耳光）！回头，过了一会儿，这小孩就扔了个石头子儿，就又叫这位先生抓住了。这我也是亲眼看见的！现时不是那个世道了，是人就得说实话！"

胖子显得有点儿不安了，掏出一块小花手绢来不住地擦额角，对我的妻说："同志！我认错行不行？"说着掏出了一张五百元的人民币，向那小孩一伸："给！买糖吃！哈哈！"

那被打了一顿的小孩，好像一切仇恨马上就消失了，把嘴角的血一擦，正想伸手去接，却马上被我的妻喝住了："别拿！太便宜啦！一顿巴掌只值五百块钱？"

胖子马上伸手到口袋里，慷慨地说："再加二百！"

我的妻却发了大火啦："嗯！你真明白！你以为还在旧社会——有钱能使鬼推磨，有钱能使鬼上树？哪怕你掏一百万人民币，也不能允许你随便压迫人；随便破坏人民政府的威信！走！咱们到派出所去！咱们是有政府的！"

围着的人也就说："对对！"

结果还是到了派出所。

那胖子先生认了错，表示切实悔过。于是罚了他二千元人民币，赔偿给那小孩做医药费。同时也批评了那小孩，以后不要扔石头子儿。

我跟随着我的妻从派出所回来，她很兴奋地问我："刚才你怎么一句话也不说？"我说："我有什么说的！那样的事，在城市里多得很，凭你一个人就管清了？这是社会问题，得慢慢……"我的话还没有说完，就叫她打断了："去鸡巴的吧！不吃你这一套！我就要管！这是新社会，我就不让随便压迫人！我就不让随便破坏咱们政府的威信！咱们是有政府的，不是无政府主义！"我连忙说："对对对！正确！"同时也觉得有点儿好笑，我真想说：什么叫"无政府主义"？你知道么？瞎用新名词儿！可是，我知道这句话是说不得的！

她真是一个倔强的人呵！我开始分析：她对旧社会的习惯为什么那样的憎恨？绝无妥协调和的余地！我想，这和她自己切身的经历是分不开的。

她出生在贫农的家庭，十一岁上就被用五斗三升高粱卖给人家当了童养媳。受尽了人间一切的辛酸，她的身上、头上、眉梢上至今还留着被婆婆和早先的丈夫用烧火棍打的、擀面杖打的、用剪子铰的伤痕！共产党来了，她就毅然决然地参加了革命！为着自己的命运战斗了！革命对于她，真可以说是"破釜沉舟、背水一战"！绝无后退的路！

她曾经在游击区跳沟爬墙，和日本人、汉奸搏斗！她的手杀过人……

她曾经在老山沟里的军火工厂里，制造子弹、装配步枪，为了突击生产，把右手的食指在"压力机"上撞下了一小节指头，成了一个疙瘩。

日本人来"扫荡"了！她率领着一班女工，连夜抬着机器，蹚过齐大腿根的水去"坚壁"。因此落下了"寒腿"的病，每逢阴雨，至今还隐隐发痛……

有一次深夜，工厂失火，她奋勇当先，率领了二十五个女工去抢救器材，差一点没烧死在火里……

在这些艰苦的日子里，她开始学习认字，写字，终于学成了"粗通文字"……

在一九四四年，她当选了"劳动英雄"，出席晋察冀边区第二届英模大会，我记得当她在大会上做完了典型报告的末了，她举着胳膊宣誓似的说："在旧社会里我是个老几？我只值五斗三升高粱米！这会儿大伙儿说我是英雄！叫我来开会，让我上台说话唉！没有共产党哪会有我呵！我愿意为着全世界被压迫的人们彻底的解放，流尽我最后一滴血！"——那时候我在大会上担任收集和整理材料的工作。组织上分配我给她写传记，我们整整谈了三个晚上。也就在这个时候，我爱上了她。

四　我们结婚三年，直到今天我仿佛才对她有了比较深刻的了解……

那一切的苦难，使她变得倔强。今天她来到城市，和这城市所遗留的旧习惯，她不妥协，不迁就，她立志要改造这城市！因此，有些地方她就显得固执、狭隘甚至显得很不虚心了！特别是对于我更是如此，也因此使得我们之间的感情有了裂痕！但我对她依然还很留恋，还没有决心和勇气断然和她决裂！特别是当我比较清醒的时候，仔细想来，我们之间的一切冲突和纠纷，原本都是一些极其琐碎的小节，并非生活里边最根本的东西！所以我决心用理智和忍耐，甚至迁就，来帮助她克服某些缺点！

我以为，我对她的分析和结论，已经是很完满很公平，而且觉得这样做，对我来说是仿佛将要牺牲一些什么！

哪知道她还并不如我想象的那样！

首先是她的某些观点和生活方式也在改变着。最明显的例子是：她现在所担任的工作是女工工作，在那些女工里边，也有不少擦粉抹口红的，也有不少脑袋像个"草鸡窝"的。可是她和她们很能接近，已经变得很亲近。有一次，我故意问她："你不是很

16

讨厌那些擦粉抹口红，头发像草鸡窝的人么?"她却很认真地教训起我来了:"你不能从形式上、生活习惯上去看问题!她们在旧社会都是被压迫的人!她们迫切需要解放!同志，狭隘的保守观点要不得!"哈哈!她又学了一套新理论啦!

同时，她自己在服装上也变得整洁起来了!"他妈的""鸡巴"……一类的口头语也没有了!见了生人也显得很有礼貌!最使我奇怪的是:她在小市上也买了一双旧皮鞋，每逢集会、游行的时候就穿上了!回来，又赶忙脱了，很小心地藏到床底下的一个小木匣里……我逗她说:"小心让城市把你改造了啊!"她说:"组织上号召过我们:现在我们新国家成立了!我们的行动、态度，要代表大国家的精神;风纪扣要扣好，走路不要东张西望;不要一面走一面吃东西，在可能条件下要讲究整洁朴素，不腐化不浪费就行!"我暗暗地想:女同志到底是爱漂亮的呵!但在某些基本问题上，她不容易接受人家的意见，不认错的毛病，恐怕是很难改变的!

可是随着时间的前进，我又发现我对她的了解不但不完全，而且是相反的!我总还是习惯地从形式上去看问题!

有一次周末，我去看她，她独自抱着孩子坐在炕角里沉思。我说:"小娟呢?她吃饭去了?"她不安地说:"不!她走了!"接着她就告诉我:她们机关里有一个本地做饭的大师傅，有一只怀表，在昨天早晨开饭的时候不见了!恰好这时候，只有小娟到伙房里去倒过水，旁人没去过!同时，早先机关里在拾掇大客厅的时候，她拣了几个扣子。所以就有人怀疑那只表也是她拿的!另外，早先有些同志也嚷嚷过，有的说丢了个化学梳子，有的说丢了一块毛巾……那大师傅也没和别的同志商量，就去找我的妻，肯定说那只表是小娟拿的，要我的妻向小娟追究。于是，她就问小娟拿了那只表没有，问得小娟直啼哭，一口咬定说没拿，并且说："大姐！要是我拿了，就算对不起您的一片好心！"小娟这孩子个性太强，受不了这，马上非走不解！挡也挡不住！

可是，就在这天晚上，大师傅自己又把表找着了！

这一下，我的妻的激动和不安，真是无法形容！翻来覆去，一夜没睡好觉！她对我说，机关里那么多的人为什么不怀疑旁人，偏偏就怀疑是小娟拿的表？你说老干部们都受过锻炼，决计不会拿的，这倒也是理由；可是机关里留用的旧人员很多，他们也没受过革命锻炼，那么为什么不怀疑是他们拿的呢？她说："这是什么观点？这还不是小看穷人么？"我说："算了！事情已经过去了，鸡毛蒜皮的一点事！"她说："什么？这是思想问题哩！"

第二天清早，她让我陪她到小娟家里去走一趟。我说："那又何必呢！人已经走了！要是让她知道表又找着了，她爸爸说我们诬赖人！老百姓知道了这件事，对我们的影响很不好！"

她说："不！我们错了，为什么不认错呢？要不，小娟一辈子一想起这件事，就要伤心！影响更不好！"

可是，我还是认为不去的好！说实话，也就是说，我没有那样大的勇气！她说："你给看孩子，我去！"我又怕孩子啼哭了没法治，只好硬着头皮，抱着孩子跟她走了！

到了小娟家里，只见她爸爸在拾掇车子，一见我们，就显得很尴尬的样子说："那表的事我知道了！昨天晚上我就揍了她一顿！我对她说：咱们人穷志不穷！要是你真的拿了，我的老脸往哪里搁？你不说真话，非打死你不解！刚才，我又揍了她一阵子！她可还是一口咬定没拿！我正想找您去说说，我这孩子顶老实，手也严实，敢情也不准是她拿的！"

我听了，胸口直打扑通，而她反倒很镇静很自然，微笑着说："不！大伯！我是来赔不是的——表已经找着了！不是小娟拿的！请你原谅！"

正在这时候，小娟从屋里出来了！红肿着双眼，扑到我的妻的怀里，两肩一耸一耸地哭了！我的妻摸着她的小辫，轻声地说："小娟，你怪我不？"小娟哽咽着说："不！大姐，您是，您是个，好人！您待我的好处，我，我，我这辈子也忘不了！"

我发现，我的妻的眼里，"扑簌簌"地掉下两颗黄豆大的泪点，滴到小娟的头上！

我们结婚三年，我还是第一次在人面前见她掉泪，那么个倔强的人呵！怎么今天也哭啦！

从这以后，我有好几天感到不安，我在她身上发现了不少新东西，而正是我所没有的！也正是我所感觉她表现狭隘、保守、固执的地方！也正从这些地方，我们的感情开始有了裂痕！我想到夫妇之间的感情到底应该建筑在什么基础上。我们结婚三年，到今天，我仿佛才觉得对她有了比较深刻的了解！我真应该后悔，真应该像她过去屡次严肃地向我说过的：需要好好地反省一下了！

我正想不等到周末，就找她去深谈一次，恰好那天傍晚，我正在整理劳资关系的材料，她倒来找我了！我觉得有些不寻常，因为在平时她是轻易不来找我的！我问她："有什么事？"她说："没事就不许来找你么？"坐了好一会儿，一句话也没说，最后，她说："到你们屋顶平台上去坐坐好么？"我说："好的！"不知道为什么，我的心有点儿发跳，我怕要发生什么不能推测的事情了……

到了屋顶上，坐了一会儿，她忽然说："我犯了错误了!"我不觉吃了一惊："什么?"她笑了，说："也不是什么大了不起的事!"接着她就说：昨天她们区里，西单商场有一家皮鞋铺里的一个掌柜，嫌学徒晚上到区里开会回去晚了，把那学徒骂了个狗血喷头。那学徒找区工会办事处，她一听就生了气，跑到那铺子里把那掌柜训了个眼发蓝!走路的人都围过来看，觉得很奇怪。今天区里开检讨会，同志们批评她工作方式太简单，亲自和掌柜吵架，对那学徒也没好处，有点儿"包办代替"，群众影响也不好!并且还批评她的工作一贯有点儿太急，恨不得一下子就把社会改造好。同时太不讲究工作的方式方法……

她说完了，叹了口气，把头靠到我的胸前，半仰着脸问我："这该怎么着好?"我说："你没接受批评吧?"她摇了摇头："哪里! 自己错了，还能不接受? 那怎么算是个同志呢? 我都坦白地接受了!"我说："那就算了! 还有什么难过的呢!"她忽然紧握着我的手说："唉! 只怪自己文化、理论水平太低! 政策掌握得不稳! 不能很好地完成党所给我的任务! 以后你好好帮我提高吧!"

我说："这是一方面。可是你也不要把自己的优点忽略了! 比方拿我来说。文化上——初中毕业；革命历史——和你一样；工作职位——我是个资料科科长，每天所接触的是工作材料、总结报告，脑子里成天转着的是——党的政策。按理说，对于现实生活里边所发生的问题，应该比你有更锐利的感觉，应该更是是非分明。可是在这些方面我还不如你! ——你不要笑! 这是真话。我参加革命的时间不算短了! 可是在我的思想感情里边，依然还保留着一部分小资产阶级脱离现实生活的成分! 和工农的思想感情，特别是在感情上，还有一定的距离，旧的生活习惯和爱好，仍然对我有着很大的吸引力，甚至是不自觉的。——你有这个感觉吗？而你呢？虽说文化水准、理论知识、工作职位都比我低——这也是真话。可是你倔强、坚定、朴素、憎爱分明——这句话的意思就是说你有着很深的阶级仇恨心和同情心。可是你确实也有点儿急躁情绪——恨不得一个早起的工夫就把社会改造好。因此，常常喜欢用简单的工作方法方式，问题想得不够深不够远。你和我的这些缺点，都会阻碍我们的进步，不能更好地来完成党所给予我们的任务。我相信：在党的教育下加上自己的努力，我们一定都会很快进步的！你记得我们在'抬头湾'的时候，同志们不是曾经好意地和我们开过玩笑吗，说：'看你们这两口子真是知识分子和工农结合的典型！'我看，我们倒是真要在这些方面彼此取长补短，好好地结合一下呢。"我像演讲似的说了不少话，要是在往日，准是早被她卡断了！可是，她今天听得好像很入神，并不讨厌，我说一句，她点一下头，当我说完了，她突然紧紧地握着我的手不放。沉默了一会儿，她说："以后，我们再见面的时候，不要老是说些婆婆妈妈的话；像今天这样多谈些问题，该多好啊！"

我为她那诚恳的深挚的态度感动了！我的心又突突地发跳了！我向四面一望，但见四野的红墙绿瓦和那青翠坚实的松柏，发出一片光芒。一朵白云，在那又高又蓝的天边飞过，夕阳照到她的脸上，映出一片红霞。微风拂着她那蓬松的额发，她闭着眼睛……我忽然发现她怎么变得那样美丽了呵！我不自觉地俯下脸去，吻着她的脸，仿佛回到了我们过去初恋时的，那些幸福的时光。她用手轻轻地推开我说："时间不早了！该回去喂孩子奶呵！"

一九四九年秋天，初稿于北京。重改于天津海河之滨。

组织部来了个年轻人①

王蒙

【关于作家】

王蒙，1934 年生于北京，河北南皮人。20 世纪 40 年代末在北京参加进步学生运动，50 年代初从事共青团工作。1954 年发表短篇处女作《小豆儿》。1956 年发表的作品《组织部来了个年轻人》产生很大反响。1957 年被定为"右派分子"，到京郊农村劳动改造。1962 年在北京师范学院任教，并有作品发表。1963 年举家赴新疆，在此工作、劳动，1979 年返回北京，从事专业写作。1986 年至 1989 年间，曾任国家文化部部长。其主要小说作品集有《王蒙文集》《深的湖》《木箱深处的紫绸花服》《妙仙庵剪影》，以及

---

①本篇初发表时编辑部做了改动，并改题为《组织部新来的青年人》。当时，作者即对改动持不同意见；此后，本篇收入各种集子时均依作者原稿。此次辑选，亦采用作者原稿。

《青春万岁》《活动变人形》《青狐》等单独出版的长篇小说。

【关于作品】

　　作为"百花文学"中最著名的作品之一，这篇小说在今天看来也充满了对于人生和社会的洞见。小说讲述小学教师林震新调到区委组织部工作，他曾经是孩子们爱戴的老师，但他那套天真、理想、爱憎分明的办事方式在组织部处处碰壁。作者又塑造了组织部第一副部长刘世吾有智慧有能力的形象——刘世吾工作成绩几乎无可指摘。但与此同时，他身上的老练与倦怠，总让人觉得他已经失去了对于未来的向往和热情。

　　文学史提及这个作品时，一般倾向于认为它表现了青年成长的困惑，并批判了刘世吾等人代表的机关单位的办事作风。1956、1957 年的"百花文学"，最重要的特点就是"批判现实"。但时隔六十多年回看这篇作品，它在"历史"中多少是遭受了一些"曲解"。作者确实在林震身上倾注了很多心血，但对刘世吾的态度也许并不全是批判——他代表着社会中的现实状况。林震与刘世吾并非两个人，而是同一个人的不同阶段。这个世界不是黑白分明的，林震的天真率性和刘世吾的稳重老练也不是截然分隔的。

一

　　三月，天空中纷洒着的似雨似雪。三轮车在区委会门口停住，一个年轻人跳下来。车夫看了看门口挂着的大牌子，客气地对乘客说:"您到这儿来,我不收钱。"传达室的工人、复员荣军老吕微跛着脚走出,问明了那年轻人的来历后,连忙帮他搬下微湿的行李,又去把组织部的秘书赵慧文叫出来。赵慧文紧握着年轻人的两只手说:"我们等你好久了。"这个叫林震的年轻人,在小学教师支部的时候就与赵慧文认识。她那苍白而美丽的脸上,两只大眼睛闪着友善亲切的光亮,只是下眼皮上有着因疲倦而现出来的青色。她带林震到男宿舍,把行李放好、解开,把湿了的毡子晾上,再铺被褥。在她料理这些事情的时候,常常撩一撩自己的头发,正像那些能干而漂亮的女同志们一样。

她说:"我们等了你好久!半年前就要调你来,区人民委员会文教科死也不同意,后来区委书记直接找区长要人,又和教育局人事室吵了一回,这才把你调了来。"

"可我前天才知道,"林震说,"听说调我到区委会,真不知怎么好。咱们区委会尽干什么呀?"

"什么都干。"

"组织部呢?"

"组织部就做组织工作。"

"工作忙不忙?"

"有时候忙,有时候不忙。"

赵慧文端详着林震的床铺,摇摇头,大姐姐似的不以为然地说:"小伙子,真不讲卫生;瞧那枕头布,已经由白变黑;被头呢,吸饱了你脖子上的油;还有床单,那么多折子,简直成了泡泡纱……"

林震觉得,他一走进区委会的门,他的新的生活刚一开始,就碰到了一个很亲切的人。

他带着一种节日的兴奋心情跑着到组织部第一副部长的办公室去报到。副部长有一个古怪的名字：刘世吾。在林震心跳着敲门的时候，他正仰着脸衔着烟考虑组织部的工作规划。他热情而得体地接待林震，让林震坐在沙发上，自己坐在办公桌边，推一推玻璃板上叠得高高的文件，从容地问：

"怎么样？"他的左眼微皱，右手弹着烟灰。

"支部书记通知我后天搬来，我在学校已经没事，今天就来了。叫我到组织部工作，我怕干不了，我是个新党员，过去做小学教师，小学教师的工作与党的组织工作有些不同……"

林震说着他早已准备好的话，说得很不自然，正像小学生第一次见老师一样。于是他感到这间屋子很热。三月中旬，冬天就要过去，屋里还生着火，玻璃上的霜花融解成一条条的污道子。他的额头沁出了汗珠，他想掏出手绢擦擦，在衣袋里摸索了半天没有找到。

刘世吾机械地点着头，看也不看地从那一大沓文件中抽出一个牛皮纸袋，打开纸袋，拿出林震的党员登记表，锐利的眼光迅速掠过，宽阔的前额下出现了密密的皱纹，闭了一下眼，手扶着椅子背站起来，披着的棉袄从肩头滑落了，然后用熟练的毫不费力的声调说：

"好，好，好极了，组织部正缺干部，你来得好。不，我们的工作并不难做，学习学习就会做的，就那么回事。而且你原来在下边工作的……相当不错嘛，是不是不错？"

林震觉得这种称赞似乎有某种嘲笑意味，他惶恐地摇头："我工作做得并不好……"

刘世吾的不太整洁的脸上现出隐约的笑容，他的眼光聪敏地闪动着，继续说："当然也可能有困难，可能。这是个了不起的工作。中央的一位同志说过，组织工作是给党管家的，如果家管不好，党就没有力量。"然后他不等问就加以解释："管什么家呢？发展党和巩固党，壮大党的组织和增强党组织的战斗力，把党的生活建立在集体领导、批评和自我批评与密切联系群众的基础上。这样做好了，党组织就是坚强的、活泼的、有战斗力的，就足以团结和指引群众，完成和更好地完成社会主义建设与社会主义改造的各项任务……"

他每说一句话，都干咳一下，但说到那些惯用语的时候，快得像说一个字。譬如他说"把党的生活建立在……上"听起来就像"把生活建在登登登上"，他纯熟地驾驭那些林震觉得是相当深奥的概念，像拨弄算盘子一样的灵活。林震集中最大的注意力，仍然不能把他讲的话全部把握住。

接着，刘世吾给他分配了工作。

当林震推门要走的时候，刘世吾又叫住他，用另一种全然不同的随意神情问：

"怎么样，小林，有对象了没有？"

"没……"林震的脸唰地红了。

"大小伙子还红脸？"刘世吾大笑了，"才二十二岁，不忙。"他又问："口袋里装着什么书？"

林震拿出书，说出书名："《拖拉机站站长与总农艺师》。"

刘世吾拿过书去，从中间打开看了几行，问："这是他们团中央推荐给你们青年看的吧？"

林震点头。

"借我看看。"

"您有时间看小说吗?"林震看着副部长桌上的大沓材料,惊异了。

刘世吾用手托了托书,试了试分量,微皱着左眼说:"怎么样?这么一薄本有半个夜车就开完啦。四本《静静的顿河》我只看了一个星期,就那么回事。"

当林震走向组织部大办公室的时候,天已经放晴,残留的几片云现出了亮晶晶的边缘。太阳照亮了区委会的大院子。人们都在忙碌:一个穿军服的同志夹着皮包匆匆走过,传达室的老吕提着两个大铁壶给会议室送茶水,可以听见一个女同志顽强地对着电话机子说:"不行,最迟明天早上!不行……"还可以听见忽快忽慢的喔哧喔哧声——是一只生疏的手使用着打字机,"她也和我一样,是新调来的吧?"林震不知凭什么理由,猜打字员一定是个女的。他在走廊上站了一站,望着耀眼的区委会的院子,高兴自己新生活的开始。

二

组织部的干部算上林震一共二十四个人,其中三个人临时调到肃反办公室去了,一个人半日工作准备考大学,一个人请产假。能按时工作的只剩下十九个人。四个人做干部工作,十五个人按工厂、机关、学校分工管理建党工作,林震被分配与工厂支部联系组织发展工作。

组织部部长由区委副书记李宗秦兼任,他并不常过问组织部的事,实际工作是由第一副部长刘世吾掌握。另一个副部长负责干部工作。具体指导林震工作的是工厂建党组的组长韩常新。

　　韩常新的风度与刘世吾迥然不同。他二十七岁，穿蓝色海军呢制服，干净得抖都抖不下土。他有高大的身材，配着英武的只因为粉刺太多而略有瑕疵的脸。他拍着林震的肩膀，用嘹亮的嗓音讲解工作，不时发出豪放的笑声，使林震想：他比领导干部还像领导干部。特别是第二天韩常新与一个支部的组织委员的谈话，加强了他给林震的这种印象。

　　"为什么你们只谈了半小时？我在电话里告诉你，至少要用两小时讨论发展计划！"

　　那个组织委员说："这个月生产任务太忙……"

　　韩常新打断了他的话，富有教训意味地说："生产任务忙就不认真研究发展工作了？这是把中心工作与经常工作对立起来，也是党不管党的一种表现……"

　　林震弄不明白什么叫"中心工作与经常工作对立起来"和"党不管党"，他熟悉的是另外一类名词："课堂五环节"与"直观教具"。他很钦佩韩常新的这种气魄与能力——迅速地提高到原则上分析问题和指示别人。

　　他转过头，看见正伏在桌上复写材料的赵慧文，她皱着眉怀疑地看一看韩常新，然后扶正头上的假琥珀发卡，用微带忧郁的目光看向窗外。

　　晚上，有的干部去参加基层支部的组织生活，有的休息了，赵慧文仍然赶着复写"税务分局培养、提拔干部的经验"，累了一天，手腕酸痛，不时在写的中间撂下笔，摇摇手，往手上吹口气。林震自告奋勇来帮忙，她拒绝了，说："你抄，我不放心。"于是林震帮她把抄过的美浓纸叠整齐，站在她身旁，起一点精神支援作用。她一边抄，一边时时抬头看林震。林震问："干吗老看我？"

赵慧文咬了一下复写笔，笑了笑。

三

林震是一九五三年秋天由师范学校毕业的，当时是候补党员，被分配到这个区的中心小学当教员。做了教师的他，仍然保持中学生的生活习惯：清晨练哑铃，夜晚记日记，每个大节日——五一、七一……以前到处征求人们对他的意见。曾经有人预言，过不了三个月他就会被那些生活不规律的成年人"同化"。但，不久以后，许多教师夸奖他也羡慕他了，说："这孩子无忧无虑，无牵无挂，除了工作，就是工作……"

他也没有辜负这种羡慕，一九五四年寒假，由于教学上的成绩，他受到了教育局的奖励。

人们也许以为，这位年轻的教师就会这样平稳地、满足而快乐地度过自己的青年时代。但是不，孩子般单纯的林震，也有自己的心事。

一年以后，他经常焦灼地鞭策自己。是因为社会主义高潮的推动，全国青年社会主义积极分子会议的召开，还是因为年龄的增长？

他已经二十二岁了，记得在初中一年级时作过一篇文，题目是"当我××岁的时候"，他写成"当我二十二岁的时候，我要……"现在二十二岁，他的生命史上好像还是白纸，没有功勋，没有创造，没有冒险，也没有爱情——连给某个姑娘写一封信的事都没做过。他努力工作，但是他做得少、慢、差。和青年积极分子们比较，和生活的飞奔比较，难道能安慰自己吗？他订规划，学这学那，做这做那，他要一日千里！

这时，接到调动工作的通知，"当我二十二岁的时候，我成了党工作者……"也许真正的生活在这里开始了？他抑制住对小学教育工作和孩子们的依恋，燃烧起对新的工作的渴望。支部书记和他谈话的那个晚上，他想了一夜。

就这样，林震口袋里装着《拖拉机站站长与总农艺师》，兴高采烈地登上区委会的石阶，对于党工作者（他是根据电影里全能的党委书记的形象来猜测他们的）的生活，充满了神圣的憧憬。但是，等他接触的那些忙碌而自信的领导同志，看到来往的文件和同时举行的会议，听到那些尖锐争吵与高深的分析，他眨眨那有些特别的淡褐色眼珠的眼睛，心里有点儿怯……

到区委会的第四天，林震去通华麻袋厂了解第一季度发展党员工作的情况，去以前，他看了有关的文件和名叫《怎样进行调查研究》的小册子，再三地请教了韩常新，他密密麻麻地写了一篇提纲，然后飞快地骑着新领到的自行车，向麻袋厂驶去。

工厂门口的警卫同志听说他是区委会的干部，没要他签名，信任地请他进去了。穿过一个大空场，走过一片放麻的露天货场与机器隆隆响的厂房，他心神不安地去敲厂长兼支部书记王清泉办公室的门。得到了里面"进来"的回答后，他慢慢地走进去，怕走快了显得没有经验。

他看见一个阔脸、粗脖子、身材矮小的男人正与一个头发上抹了许多油的驼背的男人下棋。小个子的同志抬起头，右手玩着棋子，问清了林震找谁以后，不耐烦地挥一挥手："你去西跨院党支部办公室找魏鹤鸣，他是组织委员。"然后低下头继续下棋。

林震找着了红脸的魏鹤鸣，开始按提纲发问了："一九五六年第一季度，你们发展了几个人？"

"一个半。"魏鹤鸣粗声粗气地说。

"什么叫'半'？"

"有一个通过了，区委拖了两个多月还没有批下来。"

林震掏出笔记本记了下来。又问：

"发展工作是怎么样进行的，有什么经验？"

"进行过程和向来一样——和党章的规定一样。"

林震看了看对方，为什么他说出的话像搁了一个星期的窝窝头一样干巴？魏鹤鸣托着腮，眼睛看着别处，心里也像在想别的事。

林震又问："发展工作的成绩怎么样？"

魏鹤鸣答："刚才说过了，就是那些。"他好像应付似的希望快点谈完。

林震不知道应该再问什么了，预备了一下午的提纲，和人家只谈上五分钟就用完了。他很窘。

这时门被一只有力的手推开了。那个小个子的同志进来，匆匆忙忙地问魏鹤鸣："来信的事你知道吗？"

魏鹤鸣无精打采地点了点头。

小个子的同志来回踱着步子，然后撒开腿站在房中央："你们要想办法！质量问题去年就提出来了，为什么还等着合同单位给纺织工业部写信？在社会主义高潮当中我们的生产迟迟不能提高，这是耻辱！"

魏鹤鸣冷冷地看着小个子的脸，用颤抖的声音问："您说谁？"

"我说你们大家！"小个子手一挥，把林震也包括在里面了。

魏鹤鸣因为抑制着愤怒的爆发而显得可怕，他的红脸更红了，

31

他站起来问："那么您呢？您不负责任？"

"我当然负责。"小个子的同志却平静了，"对于上级，我负责，他们怎么处分我！我也接受。对于我，你得负责，谁让你做生产科长呢？你得小心……"说完，他威胁地看了魏鹤鸣一眼，走了。

魏鹤鸣坐下，把棉袄的扣子全解开了，喘着气。林震问："他是谁？"魏鹤鸣讽刺地说："你不认识？他就是厂长王清泉。"

于是魏鹤鸣向林震详细地谈起了王清泉的情况。王清泉原来在中央某部工作，因为在男女关系上犯错误受了处分，一九五一年调到这个厂子做副厂长，一九五三年厂长他调，他就被提拔做厂长。他一向是吃饱了转一转，躲在办公室批批文件下下棋，然后每月在工会大会、党支部大会、团总支大会上讲话，批评工人群众竞赛没搞好，对质量不关心，有经济主义思想……魏鹤鸣没说完，王清泉又推门进来了。他看着左腕上的表，下令说："今天中午十二点十分，你通知党、团、工会和行政各科室的负责人到厂长室开会。"然后把门砰地一带，走了。

魏鹤鸣嘟哝着："你看他怎么样？"

林震说："你别光发牢骚，你批评他，也可以向上级反映，上级绝不允许有这样的厂长。"

魏鹤鸣笑了，问林震："老林同志，你是新来的吧？"

"老林"同志脸红了。

魏鹤鸣说："批评不动！他根本不参加党的会议，你上哪儿批评去？偶尔参加一次，你提意见，他说：'提意见是好的，不过应该掌握分寸，也应该看时间、场合。现在，我们不应该因为个人意见侵占党支部讨论国家任务的宝贵时间。'好，不占用宝贵时间，我找他个别提，于是我们俩吵成了现在这个样子。"

"向上级反映呢？"

"一九五四年我给纺织工业部和区委写了信，部里一位张同志与你们那儿的老韩同志下来检查了一回。检查结果是：'官僚主义较严重，但主要是作风问题，任务基本上完成了，只是完成任务的方法有缺点。'然后找王清泉'批评'了一下，又找我鼓励了一下开展自下而上的批评的精神，就完事了。此后，王厂长有一个来月对工作比较认真，不久他得了肾病，病好以后他说自己是'因劳致疾'，就又成了这个样子。"

"你再反映呀！"

"哼，后来与韩常新也不知说过多少次，老韩也不搭理，反倒向我进行教育说，应该尊重领导，加强团结。也许我不该这样想，但我觉得也许要等到王厂长贪污了人民币或者强奸了妇女，上级才会重视起来！"

林震出了厂子再骑上自行车的时候，车轮旋转的速度就慢多了。他深深地把眉头皱了起来。他发现他的工作的第一步就有重重的困难，但他也受到一种刺激，甚至是激励——这正是发挥战斗精神的时候啊！他想着想着，直到因为车子溜进了急行线而受到交通民警的申斥。

四

吃完午饭，林震迫不及待地找韩常新汇报情况。韩常新有些疲倦地靠着沙发背，高大的身体显得笨重，从身上掏出火柴盒，拿起一根火柴剔牙。

林震杂乱地叙述他去麻袋厂的见闻，韩常新脚尖打着地不住地说："是的，我知道。"然后他拍一拍林震的肩膀，愉快地说："情况没了解上来不要紧，第一次下去嘛。下次就好了。"

林震说："可是我了解了关于王清泉的情况。"他把笔记本打开。

韩常新把他的笔记本合上，告诉他："对，这个情况我早知道。前年区委让我处理过这个事情，我严厉地批评过他，指出他的缺点和危险性，我们谈了至少有三四个钟头……"

"可是并没有效果呀，魏鹤鸣说他只好了一个月……"林震插嘴说。

"一个月也是效果，而且绝不止一个月。魏鹤鸣那个人思想上有问题，见人就告厂长的状……"

"他告的状是不是真的?"

"很难说不真，也很难说全真。当然这个问题是应该解决的，我和区委副书记李宗秦同志谈过。"

"副书记的意见是什么?"

"副书记同意我的意见，王清泉的问题是应该解决也是可能解决的……不过，你不要一下子就陷到这里边去。"

"我?"

"是的。你第一次去一个工厂，全面情况也不了解，你的任务又不是去解决王清泉的问题，而且，直爽地说，解决他的问题也需要更有经验的干部；何况我们并不是没有管过这件事……你要是一下子陷到这个里头，三个月也出不来，第一季度的建党总结还了解不了解? 上级正催我们交汇报呢!"

林震说不出话。

韩常新又拍拍林震的肩膀："不要急躁嘛，咱们区三千个党员，百十几个支部，你一来就什么问题都摸还行？"他打了个哈欠，有倦意的脸上的粉刺涨红了："啊——哈，该睡午觉了。"

"那，发展工作怎么再去了解？"林震没有办法地问。

韩常新又去拍林震的肩膀，林震不由得躲开了。韩常新有把握地说："明天咱们俩一起去，我帮你去了解，好不？"然后他拉着林震一同到宿舍去。

第二天，林震很有兴趣地观察韩常新如何了解情况。三年前，林震在北京师范上学的时候，出去做过见习教师，老教师在前面讲，林震和学生一起听，学了不少东西。这次，他也抱着见习的态度，打开笔记本，准备把韩常新的工作过程详细记录下来。

韩常新问魏鹤鸣："发展了几个党员？"

"一个半。"

"不是一个半，是两个，我是检查你们的发展情况，不是检查区委批没批。"韩常新纠正他，又问："这两个人本季度生产计划完成得怎么样？"

"很好，他们一个超额百分之七，一个超额百分之四，厂里黑板报还表扬……"

谈起生产情况，魏鹤鸣似乎起劲了些，但是韩常新打断了他的话："他们有些什么缺点？"

魏鹤鸣想了半天，空空洞洞地说了些缺点。韩常新叫他给所举的缺点提一些例子。

提完例子，韩常新再问他党的积极分子完成本季度生产任务的情况，他特别感兴趣的是一些数字和具体事例，至于这些先进的工人克服困难、钻研创造的过程，他听都不要听。

回来以后，韩常新用流利的行书示范地写了一个"麻袋厂发展工作简况"，内容是这样的：

> ……本季度（一九五六年一月至三月）麻袋厂支部基本上贯彻了积极慎重发展新党员的方针，在建党工作上取得了一定的成绩，新通过的党员朱××与范××受到了共产党员的光荣称号的鼓舞，增强了主人翁的观念，在第一季度繁重的生产任务中各超额百分之七、百分之四。广大积极分子围绕在支部周围，受到了朱××与范××模范事例的教育，并为争取入党的决心所推动，发挥了劳动的积极性与创造性，良好地完成或者超额完成了第一季度的生产任务……（下面是一系列数字与具体事例）这说明：一、建党工作不仅与生产工作不会发生矛盾，而且大大推动了生产，任何借口生产忙而忽视建党工作的做法是错误的。二、但同时必须指出，麻袋厂支部的建党工作，也仍然存在着一定的缺点，例如……

林震把写着"简况"的片艳纸捧在手里看了又看，他有一刹那，甚至于怀疑自己去没去过麻袋厂。还是上次与韩常新同去时自己睡着了，为什么许多情况他根本不记得呢？他迷惑地问韩常新：

"这，这是根据什么写的？"

"根据那天魏鹤鸣的汇报呀。"

"他们在生产上取得的成绩是因为建党工作么？"林震口吃起来。

韩常新抖一抖裤脚，说："当然。"

"不吧？上次魏鹤鸣并没有这样讲。他们的生产提高了，也可能是由于开展竞赛，也许由于青年团建立了监督岗，未必是建党工作的成绩……"

"当然，我不否认。各种因素是统一起来的，不能形而上学地割裂地分析这是甲项工作的成绩，那是乙项工作的成绩。"

"那，譬如我们写第一季度的捕鼠工作总结，是不是也可以用这些数字和事例呢？"

韩常新沉着地笑了，他笑林震不懂"行"，他说："那可以灵活掌握……"

林震又抓住几个小问题问：

"你怎么知道他们的生产任务是繁重的呢？"

"难道现在会有一个工厂任务很清闲吗？"

林震目瞪口呆了。

五

初到区委会十天的生活，在林震头脑中积累起的印象与产生的问题，比他在小学待了两年的还多。区委会的工作是紧张而严肃的，在区委书记办公室，连日开会到深夜。从汉语拼音到预防大脑炎，从劳动保护到政治经济学讲座，无一不经过区委会的忠实的手。林震有一次去收发室取报纸，看见一份厚厚的材料，第一页上写着"区人民委员会党组关于调整公私合营工商业的分布、管理、经营方法及贯彻市委关于公私合营工商业工人工资问题的报告的请示"。他怀着敬畏的心情看着这份厚得像一本书的材料和它的长题目。有时，一眼望去，却又觉得区委干部们是随意而松懈的，他们在办公时间聊天，看报纸，大胆地拿林震认为最严肃的题目开玩笑，例如，青年监督岗开展工作，韩常新半嘲笑地说："吓，小青年们脑门子热起来啦……"林震参加的组织部一次部务会议也很有意思，讨论市委布置的一个临时任务，大家抽着烟，说着笑话，打着岔，开了两个钟头，拖拖沓沓，没有什么结果。这时，皱着眉思索了好久的刘世吾提出了一个方案，马上热烈地展开了讨论，很多人发表了使林震钦佩的精彩意见。林震觉得，这最后的三十多分钟的讨论要比以前的两个钟头有效十倍。某些时候，譬如说夜里，各屋亮着灯：第一会议室，出席座谈会的胖胖的工商业者愉快地与统战部部长交换意见；第二会议室，各单位的学习辅导员们为"价值"与"价格"的关系争得面红耳赤；组织部坐着等待入党谈话的激动的年轻人，而市委的某个严厉的书记出现在书记办公室，找区委正副书记汇报贯彻工资改革的情况……这时，人声嘈杂，人影交错，电话铃声断断续续，林震仿佛从中听到了本区生活的脉搏的跳动，而区委会这座不新的、平凡的院落，也变得辉煌壮观起来。

在一切印象中，最突出和新鲜的印象是关于刘世吾的：刘世吾工作极多，常常同一个时间好几个电话催他去开会，但他还是一会儿就看完了《拖拉机站站长与总农艺师》，把书转借给了韩常新；而且，他已经把前一个月公布的拼音文字草案学会了，开始在开会时用拼音文字做记录了。某些传阅文件刘世吾拿过来看看题目和结尾就签上名送走，也有的不到三千字的指示他看上一下午，密密麻麻地画上各种符号。刘世吾有时一面听韩常新汇报情况，一面漫不经心地查阅其他的材料，听着听着却突然指出："上次你汇报的情况不是这样！"韩常新不自然地笑着，刘世吾的眼睛捉摸不定地闪着光；但刘世吾并不深入追究，仍然查他的材料，于是韩常新恢复了常态，有声有色地汇报下去。

赵慧文与韩常新的关系也被林震看出了一些疑窦：韩常新对一切人都是拍着肩膀，称呼着"老王""小李"，亲热而随便。独独对赵慧文，却是一种礼貌的"公事公办"的态度。这样说话："赵慧文同志，党刊第一百○四期放在哪里？"而赵慧文也用顺从中包含着警戒的神情对待他。

四月，东风悄悄地刮起，不再被人喜爱的火炉蜷缩在阴暗的贮藏室，只有各房间熏黑了的屋顶还存留着严冬的痕迹。往年，这个时候，林震就会带着活泼的孩子们去卧佛寺或者西山八大处踏青，在早开的桃李与混浊的溪水中寻找春天的消息……区委会的生活却不怎么受季节的影响，继续以那种紧张的节奏和复杂的色彩流转着。当林震从院里的垂柳上摘下一颗多汁的嫩芽时，他稍微有点儿怅惘，因为春天来得那么快，而他，却没做出什么有意义的事情来迎接这个美妙的季节……

晚上九点钟，林震走进了刘世吾办公室的门。赵慧文正在这里，她穿着紫黑色的毛衣，脸儿在灯光下显得越发苍白。听到有人进来，她迅速地转过头来，林震仍然看见了她略略突出的颧骨上的泪迹。他回身要走，低着头吸烟的刘世吾做手势止住他："坐在这儿吧，我们就谈完。"

林震坐在一角，远远地隔着灯光看报，刘世吾用烟卷在空中画着圆圈，诚恳地说：

"相信我的话吧，没错。年轻人都这样，最初互相美化，慢慢发现了缺点，就觉得都很平凡。不要做不切实际的要求，没有遗弃，没有虐待，没有发现他政治上、品质上的问题，怎么能说生活不下去呢？才四年嘛。你的许多想法是从苏联电影里学来的，实际上，就那么回事……”赵慧文没说话，她撩一撩头发，临走的时候，对林震惨然地一笑。

刘世吾走到林震旁边，问："怎么样？"他丢下烟蒂，又掏出一支来点上火，紧接着贪婪地吸了几口，缓缓地吐着白烟，告诉林震："赵慧文跟她爱人又闹翻了……"接着，他开开窗户，一阵风吹掉了办公桌上的几张纸，传来了前院里散会以后人们的笑声、招呼声和自行车铃响。

刘世吾把支抽了几口的烟扔出去，伸了个懒腰，扶着窗户，低声说："真的是春天了呢！"

"我想谈谈来区委工作的情况，我有一些问题不知道怎么解决。"林震用一种坚决的神气说，同时把落在地上的纸页拾起来。

"对，很好。"刘世吾仍然靠着窗户框子。

林震从去麻袋厂说起："……我走到厂长室，正看见王清泉同志……"

"下棋呢还是打扑克？"刘世吾微笑着问。

"您怎么知道？"林震惊骇了。

"他老兄什么时候干什么我都算得出来，"刘世吾慢慢地说，"这个老兄棋瘾很大，有一次在咱这儿开了半截会，他出去上厕所，半天不回来，我出去一找，原来他看见老吕和区委书记的儿子下棋，他在旁边'支'上'招儿'了。"

林震把魏鹤鸣对他的控告讲了一遍。

刘世吾关上窗户，拉一把椅子坐下，用两个手扶着膝头支持着身体，轻轻地摆动着头：

"魏鹤鸣是个直性子，他一来就和王清泉吵得面红耳赤……你知道，王清泉也是个特殊人物，不太简单。抗日胜利以后，王清泉被派到国民党军队里工作，他做过国民党军的副团长，是个呱呱叫的情报人员。一九四七年以后他与我们的联系中断，直到解放以后才接上线。他是去瓦解敌人的，但是他自己也染上国民党军官的一些习气，改不过来，其实是个英勇的老同志。"

"这样……"

"是啊。"刘世吾严肃地点点头，接着说，"当然，这不能为他辩护，党是派他去战胜敌人而不是与敌人同流合污，所以他的错误是应该纠正的。"

"怎么去解决呢？魏鹤鸣说，这个问题已经拖了好久。他到处写过信……"

"是啊。"刘世吾又干咳了一会儿，做着手势说，"现在下边支部里各类问题很多，你如果一一地用手工业的方法去解决，那是事倍功半的。而且，上级布置的任务追着屁股，完成这些任务已经感到很吃力。作为领导，必须掌握一种把个别问题与一般问题结合起来，把上级分配的任务与基层存在的问题结合起来的艺术。再者，王清泉工作不努力是事实，但还没有发展到消极怠工的地步；作风有些生硬，也不是什么违法乱纪；显然，这不是组织处理问题而是经常教育的问题。从各方面看，解决这个问题的时机目前还不成熟。"

林震沉默着，他判断不清究竟哪样对；是娜斯嘉的"对坏事绝不容忍"对呢，还是刘世吾的"条件成熟论"对。他一想起王清泉那样的厂长就觉得难受，但是，他驳不倒刘世吾的"领导艺术"。刘世吾又告诉他："其实，有类似毛病的干部也不止一个……"这更加使得林震睁大了眼睛，觉得这跟他在小学时所听的党课的内容不是一个味儿。

后来，林震又把看到的韩常新如何了解情况与写简报的事说了说，他说，他觉得这样整理简报不太真实。

刘世吾大笑起来，说："老韩……这家伙……真高明……"笑完了，又长出一口气，告诉林震："对，我把你的意见告诉他。"

林震犹豫着，刘世吾问："还有别的意见么？"

于是林震勇敢地提出："我不知道为什么，来了区委会以后发现了许多许多缺点，过去我想象的党的领导机关不是这样……"

刘世吾把茶杯一放："当然，想象总是好的，实际呢，就那么回事。问题不在于有没有缺点，而在于什么是主导的。我们区委的工作，包括组织部的工作，成绩是基本的呢，还是缺点是基本的？显然成绩是基本的，缺点是前进中的缺点。我们伟大的事业，正是由这些有缺点的组织和党员完成着的。"

走出办公室以后，林震有一种奇怪的感觉；和刘世吾谈话似乎可以消食化气，而他自己的那些肯定的判断，明确的意见，却变得模糊不清了。他更加惶惑了。

六

不久，在党小组会上，林震受到了一次严厉的批评。

事情是这样：有一次，林震去麻袋厂，魏鹤鸣说，由于季度生产质量指标没有达到，王厂长狠狠地训了一回工人，工人意见很大，魏鹤鸣打算找些人开个座谈会，搜集意见，准备向上反映。林震很同意这种做法，以为这样也许能促进"条件的成熟"。过了三天，王清泉气急败坏地到区委会找副书记李宗秦，说魏鹤鸣在林震支持下搞小集团进行反领导的活动，还说参加魏鹤鸣主持的座谈会的工人都有历史问题……最后说自己请求辞职。李宗秦批评了他的一些缺点，同意制止魏鹤鸣再开座谈会，"至于林震，"他对王清泉说，"我们会给予应有的教育的。"

批评会上，韩常新分析道："林震同志没有和领导上商量，擅自同意魏鹤鸣召集座谈会，这首先是一种无组织无纪律的行为……"

林震不服气，他说："没有请示领导，是我的错。但是我不明白为什么我们不但不去主动了解群众的意见，反而制止基层这样做！"

"谁说我们不了解？"韩常新跷起一只腿，"我们对麻袋厂的情况统统掌握……"

"掌握了而不去解决，这正是最痛心的！党章上规定着，我们党员应该向一切违反党的利益的现象做斗争……"林震的脸变青了。

富有经验的刘世吾开始发言了，他向来就专门能在一定的关头起扭转局面的作用。

"林震同志的工作热情不错，但是他刚来一个月就给组织部的干部讲党章，未免仓促了些。林震以为自己是支持自下而上的批评，是做一件漂亮事，他的动机当然是好的；不过，自下而上的批评必须有领导地去开展，譬如这回事，请林震同志想一想：第一，魏鹤鸣是不是对王清泉有个人成见呢？很难说没有。那么魏鹤鸣那样积极地去召集座谈会，可不可能有什么个人目的呢？我看不一定完全不可能。第二，参加会的人是不是有一些历史复杂、别有用心的分子呢？这也应该考虑到。第三，开这样一个会，会不会在群众里造成一种王清泉快要挨整了的印象因而天下大乱了呢？等等。至于林震同志的思想情况，我愿意直爽地提出一个推测：年轻人容易把生活理想化，他以为生活应该怎样，便要求生活怎样。做一个党的工作者，要多考虑的却是客观现实，是生活可能怎样。年轻人也容易过高估计自己，抱负甚多，一到新的工作岗位就想对缺点斗争一番，充当个娜斯嘉式的英雄。这是一种可贵的、可爱的想法，也是一种虚妄……"

林震像被打中了似的颤了一下，他紧咬住了下嘴唇。

他鼓起勇气再问："那么王清泉……"

刘世吾把头一仰："我明天找他谈话，有原则性的并不仅是你一个人。"

七

星期六晚上，韩常新举行婚礼。林震走进礼堂，他不喜欢那弥漫的呛人的烟气，还有地上杂乱的糖果皮与空中杂乱的哄笑；没等婚礼开始他就退了出来。

组织部的办公室黑着，他拉开灯，看见自己桌上的信，是小学的同事们写来，其中还夹着孩子们用小手签了名的信：

> 林老师：您身体好吗？我们特别特别想您，女同学都哭了，后来就不哭了，后来我们做算术，题目特别特别难，我们费了半天劲，中于算出来了。

看着信，林震不禁独自笑起来了，他拿起笔把"中于"改成"终于"，准备在回信时告诉他们下次要避免别字。他仿佛看见了系蝴蝶结的李琳琳、爱画水彩画的刘小毛和常常把铅笔头含在嘴里的孟飞……他猛把头从信纸上抬起来，所看见的却是电话、吸墨纸和玻璃板。他所熟悉的孩子的世界和他的单纯的工作已经离他而去了，新的工作要复杂得多……他想起前天党小组会上人们对他的批评。难道自己真的错了？真的是莽撞和幼稚，再加几分年轻人的廉价的勇气？也许真的应该切实估量一下自己，把分内的事做好，过两年，等到自己"成熟"了以后再干预一切吧？

礼堂里传来爆发的掌声和笑声。

一只手落在肩上，他吃惊地回过头来，灯光显得刺眼，赵慧文没有声响地站在他的身边，女同志走路都有这种不声不响的本事。

赵慧文问："怎么不去玩？"

"我懒得去。你呢？"

"我该回家了，"赵慧文说，"到我家坐坐好吗？省得一个人在这儿想心事。"

"我没有心事。"林震分辩着，但他接受了赵慧文的好意。

赵慧文住在离区委会不远的一个小院落里。

孩子睡在浅蓝色的小床里，幸福地含着指头。赵慧文吻了儿子，拉林震到自己房间里来。

"他父亲不回来吗？"林震问。

赵慧文摇摇头。

这间卧室好像是布置得很仓促，墙壁因为空无一物而显得过分洁白，盆架孤单地缩在一角，窗台上的花瓶傻气地张着口；只有床头小桌上的收音机，好像还能扰乱这卧室的安静。

林震坐在藤椅上，赵慧文靠墙站着。林震指着花瓶说："应该插枝花。"又指着墙壁说："为什么不买几张画挂上？"

赵慧文说："经常也不在，就没有管它。"然后她指着收音机问："听不听？星期六晚上，总有好的音乐。"

收音机响了，一种梦幻的柔美的旋律从远处飘来，慢慢变得热情激荡。提琴奏出的诗一样的主题，立即揪住了林震的心。他托着腮，屏住了气。他的青春，他的追求，他的碰壁，似乎都能与这乐曲相通。

赵慧文背着手靠在墙上，不顾衣服蹭上了石灰粉，等这段乐曲过去，她用和音乐一样的声音说："这是柴可夫斯基的《意大利随想曲》，让人想到南国，想到海……我在文工团的时候常听它，慢慢觉得，这调子不是别人演奏出的，而是从我心里钻出来的……"

"在文工团？"

"参加军事干部学校以后被分配去的，在朝鲜，我用我的蹩脚的嗓子给战士唱过歌，我是个哑嗓子的歌手。"

林震像第一次见面似的又重新打量赵慧文。

"怎么？不像了吧？"这时电台改放"剧场实况"了，赵慧文把收音机关了。

"你是文工团的，为什么很少唱歌？"林震问。

她不回答，走到床边，坐下。她说："我们谈谈吧，小林，告诉我，你对咱们区委的印象怎么样？"

"不知道，我是说，还不明确。"

"你对韩常新和刘世吾有点儿意见吧，是不？"

"也许。"

"当初我也这样，从部队转业到这里，和部队的严格准确比较，许多东西我看不惯。我给他们提了好多意见，和韩常新激动地吵过一回，但是他们笑我幼稚，笑我工作没做好意见倒一大堆……慢慢地我发现，和区委的这些缺点作斗争是我力不胜任的……"

"为什么力不胜任?"林震像刺痛了似的跳起来，他的眉毛拧在一起了。

"这是我的错，"赵慧文抓起一个枕头，放在腿上，"那时我觉得自己水平太低，自己也很不完美，却想纠正那些水平比自己高得多的同志，实在不量力。而且，刘世吾、韩常新还有别人，他们确实把有些工作做得很好。他们的缺点散布在咱们工作的成绩里边，就像灰尘散布在美好的空气中，你嗅得出来，但抓不住，这正是难办的地方。"

"对!"林震把右拳头打在左手掌上。

赵慧文也有些激动了，她把枕头抛开，话说得更慢，她说:"我做的是事务工作，领导同志也不大过问，加上个人生活上的许多牵扯，我沉默了，于是，上班抄抄写写，下班给孩子洗尿布、买奶粉。我觉得我老得很快，参加军干校那种热情和幻想，不知道哪里去了。"她沉默着，一个一个地捏着自己的手指，接着说:"两个月以前，北京市进入社会主义高潮，工人、店员还有资本家，放着鞭炮，打着锣鼓到区委会报喜，工人、店员把入党申请书直接送到组织部，大街上一天一变，整个区委会彻夜通明，吃饭的时候，宣传部、财经部的同志滔滔不绝地讲着社会主义高潮中的各种气象;可我们组织部呢?工作改进很少!打电话催催发展数字，按前年的格式添几条新例子写写总结……最近，大家检查保守思想，组织部也检查，拖拖沓沓开了三次会，然后写个材料完事。……哎，我说乱了，社会主义高潮中，每一声鞭炮都刺着我，当我复写批准新党员通知的时候，我的手激动得发抖，可是我们的工作就这样依然故我地下去吗？"她喘了一口气，来回踱着，然后接着说："我在党小组会上谈自己的想法，韩常新满足地问：'难道我们发展数字的完成比例不是各区最高的？难道市委组织部没要我们写过经验？'然后他进行分析，说我情绪不够乐观，是因为不安心事务工作……"

"开始的时候，韩常新给人一个了不起的印象，但是实际一接触……"林震又说起那次写汇报的事。

赵慧文同意地点头："这一二年，虽然我没提什么意见，但我无时无刻不在观察。生活里的一切，有表面也有内容，做到金玉其外，并不是难事。譬如韩常新，充领导他会拉长了声音训人，写汇报他会强拉硬扯生动的例子，分析问题，他会用几个无所不包的概念；于是，俨然成了个少壮有为的干部，他漂浮在生活上边，悠然得意。"

"那么刘世吾呢？"林震问，"他绝不像韩常新那样浅薄，但是他的那些独到的见解，精辟的分析，好像包含着一种可怕的冷漠。看到他容忍王清泉这样的厂长，我无法理解，而当我想向他表示什么意见的时候，他的议论却使人越绕越糊涂，除了跟着他走，似乎没有别的路……"

"刘世吾有一句口头语：就那么回事。他看透了一切，以为一切就那么回事。按他自己的说法，他知道什么是'是'，什么是'非'，还知道'是'一定战胜'非'，又知道'是'不是一下子

48

战胜'非',他什么都知道,什么都见过——党的工作给人的经验本来很多。于是他不再操心,不再爱也不再恨。他取笑缺陷,仅仅是取笑;欣赏成绩,仅仅是欣赏。他蛮有把握地应付一切,再也不需要虔诚地学习什么,除了拼音文字之类的具体知识。一旦他认为条件成熟需要干一气,他一把把事情抓在手里,教育这个,处理那个,俨然是一切人的上司。凭他的经验和智慧,他当然可以做好一些事,于是他更加自信。"赵慧文毫不容情地说道。这些话曾经在多少个不眠的夜晚萦绕在她的心头……

"我们的区委副书记兼部长呢?他不管么?"

赵慧文更加兴奋了,她说:"李宗秦身体不好,他想去做理论研究工作,嫌区的工作过于具体。他做组织部长只是挂名,把一切事情推给刘世吾。这也是一种相当普遍的不正常的现象,有一批老党员,因为病,因为文化水平低,或者因为是首长爱人,他们挂着厂长、校长和书记的名,却由副厂长、教导主任、秘书或者某个干事做实际工作。"

"我们的正书记——周润祥同志呢?"

"周润祥是一个非常令人尊敬的领导同志,但是他工作太多,忙着肃反、私营企业的改造……各种带有突击性的任务,我们组织部的工作呢,一般说永远成不了带突击性的中心任务,所以他管的也不多。"

"那……怎么办呢?"林震直到现在,才开始明白了事情的复杂性,一个缺点,仿佛粘在从上到下的一系列的缘故上。

"是啊。"赵慧文沉思地用手指弹着自己的腿,好像在弹一架钢琴,然后她向着远处笑了,她说,"谢谢你……"

"谢我?"林震以为自己听错了。

"是的，见到你，我好像又年轻了。你天不怕地不怕，敢于和一切坏现象做斗争，于是我有一种婆婆妈妈的预感：你……一场风波要起来了。"

林震脸红了。他根本没想到这些，他正为自己的无能而十分羞耻。他嘟哝着说："但愿是真正的风波而不是瞎胡闹。"然后他问："你想了这么多，分析得这么清楚，为什么只是憋在心里呢？"

"我老觉得没有把握，"赵慧文把手放在自己的胸前，"我看了想，想了又看，我有时候想得一夜都睡不好，我问自己：'你的工作是事务性的，你能理解这些吗？'"

"你怎么会这样想？我觉得你刚才说的对极了！你应该把你刚才说的对区委书记谈，或者写成材料给《人民日报》……"

"瞧，你又来了。"赵慧文露出润湿的牙齿笑了。

"怎么叫又来了？"林震不高兴地站起来，使劲搔着头皮，"我也想过多少次，我觉得，人要在斗争中使自己变正确，而不能等到正确了才去做斗争！"

赵慧文突然推门出去了，把林震一个人留在这空旷的屋子里，他嗅见了肥皂的香气。马上，赵慧文回来了，端着一个长柄的小锅，她跳着进来，像一个梳着三只辫子的小姑娘。她打开锅盖，戏剧性地向林震说：

"来，我们吃荸荠，煮熟了的荸荠！我没有找到别的好吃的。"

"我从小就喜欢吃熟荸荠，"林震愉快地把锅接过来，他挑了一个大的没剥皮就咬了一口，然后他皱着眉吐了出来，"这是个坏的，又酸又臭。"赵慧文大笑了。林震气愤地把捏烂了的酸荸荠扔到地上。

临走的时候，夜已经深了，纯净的天空上布满了畏怯的小星星。有一个老头儿吆喝："炸丸子开锅！"推车走过。林震站在门外，赵慧文站在门里，她的眼睛在黑暗中闪光，她说："下次来的时候，墙上就有画了。"

林震会心地笑着："而且希望你把丢下的歌儿唱起来！"他摇了一下她的手。

林震用力地呼吸着春夜的清香之气，一股温暖的泉水在心头涌了上来。

八

韩常新最近被任命为组织部副部长。新婚和被提拔，使他愈益精神焕发和朝气勃勃。他每天刮一次脸，在参观了服装展览会以后又做了一套凡尔丁料子的衣服。不过，最近他亲自出马下去检查工作少了，主要是在办公室听汇报、改文件和找人谈话。刘世吾仍然那么忙……

一天，晚饭以后，韩常新把《拖拉机站站长与总农艺师》还给林震，他用手弹一弹那本书，点点头说："很有意思，也很荒唐。当个作家倒不坏，编得天花乱坠。赶明儿我得了风湿性关节炎或者犯错误受了处分，就也写小说去。"

林震接过书，赶快拉开抽屉，把它压在最底下。

刘世吾坐在另一边的沙发上正出神地研究一盘象棋残局，听了韩常新的话，刻薄地说："老韩将来得关节炎或者受处分倒不见得不可能，至于小说，我们可以放心，至少在这个行星上不会看到您的大作。"他说的时候一点不像开玩笑，以致韩常新尴尬地转过头，装没听见。

这时刘世吾又把林震叫过去，坐在他旁边，问："最近看什么书了？有没有好的借我看看？"

林震说没有。

刘世吾挪动着身体，斜躺在沙发上，两手托在脑后，半闭着眼，缓慢地说："最近在《译文》上看了《被开垦的处女地》第二部的片段，人家写得真好，活得很……"

"您常看小说？"林震真不大相信。

"我愿意荣幸地表示，我和你一样地爱读书：小说、诗歌，包括童话。解放以前，我最喜欢屠格涅夫，小学五年级，我已经读《贵族之家》，我为伦蒙那个德国老头儿流泪，我也喜欢叶琳娜；英沙罗夫写得却并不好……可他的书有一种清新的、委婉多情的调子。"他忽地站起来，走近林震，扶着沙发背，弯着腰继续说，"现在也爱看，看的时候很入迷，看完了又觉得没什么，你知道，"他紧挨林震坐下，又半闭起眼睛，"当我读一本好小说的时候，我梦想一种单纯的、美妙的、透明的生活。我想去做水手，或者穿上白衣服研究红血球，或者做一个花匠，专门培植十样锦……"他笑了，从来没这样笑过，不是用机智，而是用心。

"可还是得做什么组织部长。"他摊开了手。

"为什么您把现在的工作看得和小说那么不一样呢？党的工作不单纯，不美妙，也不透明么？"林震友好而关切地问。

刘世吾接连摇头，咳嗽了一会儿又站起来。靠到远一点的地方，嘲笑地说："党工作者不适合看小说。……譬如，"他用手在空中一划，"拿发展党员来说，小说可以写：'在壮丽的事业里，多少名新战士参加了无产阶级的先锋行列，万岁！'而我们呢，组织部呢，却正在发愁：第一，某支部组织委员工作马大哈，谈不清新党员的历史情况。第二，组织部压了百十几个等着批准的新党员，没时间审查。第三，新党员需经常委会批准，常委委员一听开会批准党员就请假。第四，公安局长参加常委会批准党员的时候老是打瞌睡……"

"您不对！"林震大声说，他像本人受了侮辱一样地难以忍耐，"您看不见壮丽的事业，只看见某某在打瞌睡……难道您也打瞌睡了？"

刘世吾笑了笑，叫韩常新："来，看看报上登的这个象棋残局，该先挪车呢还是先跳马？"

九

魏鹤鸣告诉林震，他要求回到车间做工人，他说："这个支部委员和生产科长我干不了。"林震费尽唇舌，劝他把那次座谈会搜集的意见写给党报，并且质问他："你退缩了，你不信任党和国家了，是吗？"后来魏鹤鸣和几个意见较多的工人写了一封长信，偷偷地寄给报纸，连魏鹤鸣本人都对自己有些怀疑："也许这又是'小集团活动'？那就处罚我吧！"他是带着有罪的心情把大信封扔进邮箱的。

五月中旬，《北京日报》以显明的标题登出揭发王清泉官僚主义作风的群众来信。署名"麻袋厂一群工人"的信，愤怒地要求领导上处理这一问题。《北京日报》编者也在按语中指出："……有关领导部门应迅速做认真的检查……"

赵慧文首先发现了，她叫林震来看。林震兴奋得手发抖，看了半天连不成句子，他想："好！终于揭出来了！还是党报有力量!"

他把报纸拿给刘世吾看,刘世吾仔细地看了几遍,然后抖一抖报纸,客观地说:"好,开刀了!"

这时,区委书记周润祥走进来,他问:"王清泉的情况你们了解不?"刘世吾不慌不忙地说:"麻袋厂支部的一些不健康的情况那是确实存在的。过去,我们就了解过,最近我亲自找王清泉谈过话,同时小林同志也去了解过。"他转身向林震:"小林,你谈谈王清泉的情况吧。"

有人敲门,魏鹤鸣紧张地撞进来,他的脸由红色变成了青色,他说,王厂长在看到《北京日报》以后非常生气,现在正追查写信的人。

经过党报的揭发与区委书记的过问,刘世吾以出乎林震意料的雷厉风行的精神处理了麻袋厂的问题。刘世吾一下决心,就可以把工作做得很出色。他把其他工作交代给别人,连日与林震一起下到麻袋厂去。他深入车间,详细调查了王清泉工作的一切情况,征询工人群众的一切意见。然后,与各有关部门进行了联系,只用了一个多星期的时间,就对王清泉做了处理——党内和行政都予以撤职处分。

处理王清泉的大会一直开到深夜,开完会,外面下起雨,雨忽大忽小,久久地不停息。风吹到人脸上有些凉。刘世吾与林震到附近的一个小铺子去吃馄饨。

这是新近公私合营的小铺子,整理得干净而且舒适。由于下雨,顾客不多。他们避开热气腾腾的馄饨锅,在墙角的小桌旁坐下来。

他们要了馄饨,刘世吾还要了白酒,他呷了一口酒,掐着手指，有些感触地说："我这是第六次参加处理犯错误的负责干部的问题了，头几次，我的心很沉重。"由于在大会上激昂地讲过话，他的嗓音有些嘶哑："党工作者是医生，他要给人治病，他自己却是并不轻松的。"他用无名指轻轻敲着桌子。

林震同意地点头。

刘世吾忽然问："今天是几号？"

"五月二十。"林震告诉他。

"五月二十，对了。九年前的今天，'青年军'二〇八师打坏了我的腿。"

"打坏了腿？"林震对刘世吾的过去历史还不了解。

刘世吾不说话，雨一阵大起来，他听着那哗啦哗啦的单调的响声，嗅着潮湿的土气。一个被雨淋透的小孩子跑进来避雨。小孩的头发在往下滴水。

刘世吾招呼店员："切一盘肘子。"然后告诉林震："一九四七年，我在北大做自治会主席。参加'五二〇'游行的时候，二〇八师的流氓打坏了我的腿。"他挽起裤子，可以看到一道弧形的疤痕，然后他站起来："看，我的左腿是不是比右腿短一点？"

林震第一次以深深的尊敬和爱戴的眼光看着他。

喝了几口酒，刘世吾的脸微微发红，他坐下，把肉片夹给林震，然后斜着头说："那时候……我是多么热情，多么年轻啊！我真恨不得……"

"现在就不年轻，不热情了么？"林震用期待的眼光看着。

"当然不，"刘世吾玩着空酒杯，"可是我真忙啊！忙得什么都习惯了，疲倦了。解放以来从来没睡够过八小时觉。我处理这个人和那个人，却没有时间处理处理自己。"他托起腮，用最质朴的人对人的态度看着林震，"是啊，一个布尔什维克，经验要丰富，但是心要单纯。……再来一两！"刘世吾举起酒杯，向店员招手。

这时林震已经开始被他深刻和真诚的抒发所感动了。刘世吾接着闷闷地说："据说，炊事员的职业病是缺少良好的食欲，饭菜是他们做的，他们整天和饭菜打交道。我们，党工作者，我们创造了新生活，结果，生活反倒不能激动我们……"

林震的嘴动动，刘世吾摆摆手，表示希望不要现在就和他辩论。他不说话，独自托着腮发愣。

"雨小多了，这场雨对麦子不错，"过了半天，刘世吾叹了口气，忽然又说，"你这个干部好，比韩常新强。"

林震在慌乱中赶紧喝汤。

刘世吾盯着他，亲切地笑着，问他："赵慧文最近怎么样？"

"她情绪挺好。"林震随口说。他拿起筷子去夹熟肉，看见了他熟悉的刘世吾的闪烁的目光。

刘世吾把椅子拉近他，缓缓地说："原谅我的直爽，但是我有责任告诉你……"

"什么？"林震停止了夹肉。

"据我看，赵慧文对你的感情有些不……"

林震颤抖着手放下了筷子。

离开馄饨铺，雨已经停了，星光从黑云下面迅速地露出来，风更凉了，积水潺潺地从马路两边的泄水池流下去。林震迷惘地跑回宿舍，好像喝了酒的不是刘世吾，倒是他。同宿舍的同志都睡得很甜，粗短的和细长的鼾声此起彼伏。林震坐在床上，摸着湿了的裤脚，眼前浮现了赵慧文的苍白而美丽的脸。……他还是个毛小伙子，他什么也没经历过，什么都不懂。他走近窗子，把脸紧贴在外面沾满了水珠的冰冷的玻璃上。

一〇

区委常委开会讨论麻袋厂的问题。

林震列席参加。他坐在一角，心跳、紧张，手心里出了汗。他的衣袋里装着好几千字的发言提纲，准备在常委会上从麻袋厂事件扯出组织部工作中的问题。他觉得麻袋厂问题的揭发和解决，造成了最好的机会，可以促请领导从根本上考虑一下组织部的工作。时候到了！

刘世吾正在条理分明地汇报情况。书记周润祥显出沉思的神色，用左拳托着士兵式的粗壮而宽大的脸，右腕子压着一张纸，时而在上面写几个字。李宗秦用食指在空中写画着。韩常新也参加了会，他专心地把自己的鞋带解开又系上。

林震几次想说话，但是心跳得使他喘不上气。第一次参加常委会，就做这种大胆的发言，未免过于莽撞吧？不怕，不怕！他鼓励自己。他想起八岁那年在青岛学跳水，他也一边听着心跳，一边生气地对自己说："不怕，不怕！"

区委常委批准了刘世吾对于麻袋厂问题提出的处理意见，马上就要进行下面一项议程了，林震霍地举起了手。

"有意见吗？不举手就可以发言的。"周书记笑着说。

林震站起来，碰响了椅子，掏出笔记本看着提纲，他不敢看大家。

他说："王清泉个人是做了处理了，但是如何保证不再有第二、第三个王清泉出现呢？我们应该检查一下区委组织工作中的缺点：第一，我们只抓了建党，对于巩固党没给予应有的注意，使基层的党内斗争处于自流状态。第二，我们明知有问题却拖延着不去解决，王清泉来厂子整整五年，问题一直存在而且愈发展愈严重。……具体地说，我认为韩常新同志与刘世吾同志有责任……"

会场起了轻微的骚动，有人咳嗽，有人放下了烟卷，有人打开笔记本，有人挪了一下椅子。

韩常新耸了一下肩，用舌头舔了一下扭动着的牙床，讽刺地说："往往听到一种事后诸葛亮的意见：'为什么不早一点处理呢？'当然是愈早愈好啰……高、饶事件发生了，有人问为什么不早一点，贝利亚，也有人问为什么不早一点。再者，组织部并不能保证第二、第三个王清泉不会出现，林震同志也未尝能保证这一点……"

林震抬起头，用激怒的目光看着韩常新。韩常新却只是冷冷地笑。林震压抑着自己说："老韩同志知道缺点的存在是规律，但他不知道克服缺点前进更是规律。老韩同志和刘部长，就是抱住了头一个规律，因而对各种严重的缺点采取了容忍乃至于麻木的态度！"说完，他用手抹了抹头上的汗，他也不知道自己怎么敢说得这样尖锐，但是终究说出来了，他有一种如释重负的感觉。

李宗秦在空中划着的食指停住了。周润祥转头看看林震又看看大家，他的沉重的身躯使木椅发出了吱吱声。他向刘世吾示意："你的意见？"

刘世吾点点头："小林同志的意见是对的，他的精神也给了我一些启发……"然后他悠闲地溜到桌子边去倒茶水，用手抚摸着茶碗沉思地说："不过具体到麻袋厂事件，倒难说了。组织部门巩固党的工作抓得不够，是的，我们干部太少，建党还抓不过来。麻袋厂王清泉的处理，应该说还是及时而有效的。在宣布处理的工人大会上，工人的情绪空前高涨，有些落后的工人也表示更认识到了党的大公无私，有一个老工人在台上一边讲话一边落泪，他们口口声声说着感谢党，感谢区委……"

林震小声说："是的，正因为这样，我才觉得我们工作中的麻木、拖延、不负责任，是对群众犯罪。"

他提高了声音："党是人民的、阶级的心脏，我们不能容忍心脏上有灰尘，就不能容忍党的机关的缺点！"

李宗秦把两手交叉起来放在膝头，他缓缓地说，像是一边说一边思索着如何造句："我认为林震、韩常新、刘世吾同志的主要争论有两个症结，一个是规律性与能动性的问题，……一个是……"

林震以不知从哪儿来的勇气对李宗秦说："我希望不要只做冷静而全面的分析……"他没有说下去，他怕自己掉下眼泪来。

周润祥看一看林震，又看一看李宗秦，皱起了眉头，沉默了一会儿，迅速地写了几个字，然后对大家说："讨论下一项议程吧。"

散会后，林震气恼得没有吃下饭，区委书记的态度他没想到。他不满甚至有点儿失望。韩常新与刘世吾找他一起出去散步，就像根本没理会他对他们的不满意，这使林震更意识到自己和他们力量的悬殊。他苦笑着想：你还以为常委会上发一席言就可以起好大的作用呢！他打开抽屉，拿起那本被韩常新嘲笑过的苏联小说，翻开第一篇，上面写着："按娜斯嘉的方式生活！"他自言自语："真难啊！"他缺少了什么呢？

第二天下班以后，赵慧文告诉林震："到我家吃饭去吧，我自己包饺子。"他想推辞，赵慧文已经走了。

林震犹豫了好久，终于在食堂吃了饭再到赵慧文家去。赵慧文的饺子刚刚煮熟。她穿上暗红色的旗袍，系着围裙，手上沾满面粉，像一个殷勤的主妇似的对林震说："新下来的豆角做的馅子……"

林震嗫嚅地说："我吃过了。"

赵慧文不信，跑出去给他拿来了筷子，林震再三表示确实吃过，赵慧文不满意地一个人吃起来。林震不安地坐在一旁，一会儿看看这，一会儿看看那，一会儿搓搓手，一会儿晃一晃身体。

"小林，有什么事么？"赵慧文停止了吃饺子。

"没……有。"

"告诉我吧。"赵慧文目不转睛地看着他。

"昨天在常委会上我把意见都提了，区委书记睬都不睬……"

赵慧文咬着筷子端想了想，她坚决地说："不会的，周润祥同志只是不轻易发表意见……"

"也许。"林震半信半疑地说，他低下头，不敢正面接触赵慧文关切的目光。

赵慧文吃了几个饺子，又问："还有呢？"

林震的心跳起来了。他抬起头，看见了赵慧文的好意的眼睛，他轻轻地叫："赵慧文同志……"

赵慧文放下筷子，靠在椅子背上，有些吃惊了。

"我很想知道，你是否幸福。"林震用一种粗重的，完全像大人一样的声音说，"我看见过你的眼泪，在刘世吾的办公室，那时候春天刚来……后来忘记了。我自己马马虎虎地过日子，也不会关心人。你幸福吗？"

赵慧文略略疑惑地看着他，摇头："有时候我也忘记……"然后点头："会的，会幸福的。你为什么问它呢？"她安详地笑着。

林震把刘世吾对他讲的告诉了她："……请原谅我，把刘世吾同志随便讲的一些话告诉了你，那完全是瞎说……我很愿意和你一起说话或者听交响乐，你好极了，那是自然而然的，……也许这里边有什么不好的，不合适的东西，马马虎虎我忽然多虑了，我恐怕我扰乱谁。"林震抱歉地结束了。

赵慧文安详地笑着，接着皱起了眉尖儿，又抬起了细瘦的胳臂，用力擦了一下前额，然后她甩了一下头，好像甩掉什么不愉快的心事似的转过身去了。

她慢慢地走到墙壁上新挂的油画前边，默默地看画。那幅画的题目是《春》，莫斯科，太阳在春天初次出现，母亲和孩子到街头去……

一会儿，她又转过身来，迅速地坐在床上，一只手扶着床栏杆，异常平静地说："你说了些什么呀？真的！我不会做那些不经过考虑的事。我有丈夫，有孩子，我还没和你谈过我的丈夫，"她不用常说的"爱人"，而强调地说着"丈夫"，"我们在五二年结的婚，我才十九，真不该结婚那么早。他从部队里转业，在中央一个部里做科长，他慢慢地染上了一种油条劲儿，争地位、争待遇，和别人不团结。我们之间呢，好像也只剩下了星期六晚上回来和星期一走。我的看法是：或者是崇高的爱情，或者什么都没有。我们争吵了……但我仍然等待着……他最近出差去上海，等回来，我要和他好好谈一谈。可你说了些什么呢？"她又一次问，"小林，你是我所尊敬的顶好的朋友，但你还是个孩子——这个称呼也许不对，对不起。我们都希望过一种真正的生活，我们希望组织部成为真正的党的工作机构，我觉着你像是我的弟弟，你盼望我振作起来，是吧？生活是应该有互相支援和友谊的温暖，我从来就害怕冷淡。就是这些了，还有什么呢？还能有什么呢？"

林震惶恐地说："我不该受刘世吾话的影响……"

"不，"赵慧文摇头，"刘世吾同志是聪明人，他的警告也许并不是完全没有必要，然后……"

她深深地吐一口气："那就好了。"

她收拾起碗筷，出去了。

林震茫然地站起，来回踱着步子，他想着、想着，好像有许多话要说，慢慢地，又没有了。他要说什么呢？本来什么都没有发生。生活有时候带来某种情绪的波流，使人激动也使人困扰，然后波流流过去，没有一点痕迹……真的没有痕迹吗？它留下对于相逢者的纯洁和美好的记忆，虽然淡淡，却难忘……

赵慧文又进来了，她领着两岁的儿子，还提着一个书包。小孩已经与林震见过几次面，亲热地叫林震"夫夫"——他说不清"叔叔"。

林震用强健的手臂把他举了起来。空旷的屋子里顿时充满了孩子的笑闹声。

赵慧文打开书包，拿出一沓纸，翻着，说："今天晚上，我要让你看几样东西。我已经把三年来看到的组织部工作中的一些问题和自己的意见写了一个草稿。这个……"她不好意思地摸了一下一张橡皮纸，"大概这是可笑的，我给自己规定了一个竞赛的办法。让今天的自己和昨天的自己竞赛。我画了表，如果我的工作有了失误——写入党批准通知的时候抄错了名字或者统计错了新党员人数，我就在表上画一个黑叉子，如果一天没有错，就画一个小红旗。连续一个月都是红旗，我就买一条漂亮的头巾或者别的什么奖励自己……也许，这像幼儿园的做法吧？你好笑吗？"

林震入神地听着，他严肃地说："绝不，我尊敬你对你自己的……"

临走的时候，夜已经深了，林震站在门外，赵慧文站在门里，她的眼睛在黑暗中闪着光，她说："今天的夜色非常好，你同意吗？你嗅见槐花的香气了没有？平凡的小白花，它比牡丹清雅，比桃李浓馥。你嗅不见？真是！再见。明天一早就见面了，我们各自投身在伟大而麻烦的工作里边。然后晚上来找我吧，我们听美丽的《意大利随想曲》。听完歌，我给你煮荸荠，然后我们把荸荠皮扔得满地都是……"

……林震靠着组织部门前的大柱子好久好久地呆立着，望着夜的天空。初夏的南风吹拂着他——他来时是残冬，现在已经是初夏了。他在区委会度过了第一个春天。

他做好的事情简直很少，简直就是没有，但他学了很多，多懂了不少事。他懂了生活的真正的美好和真正的分量；他懂了斗争的困难和斗争的价值。他渐渐明白，在这平凡而又伟大的、包罗万象的、担负着无数艰巨任务的区委会，单凭个人的勇气是做不成任何事情的……从明天……

办公室的小刘走过，叫他："林震，你上哪儿去了？快去找周润祥同志，他刚才找了你三次。"

区委书记找林震了吗？那么不是从明天，而是从现在，他要尽一切力量去争取领导的指引，这正是目前最重要的……

隔着窗子，他看见绿色的台灯和夜间办公的区委书记的高大侧影，他坚决地、迫不及待地敲响了领导同志办公室的门。

一九五六年五月—七月

小巷深处

陆文夫

【关于作家】

陆文夫（1928—2005），江苏泰兴人。20世纪40年代末，陆文夫毕业后便到苏北解放区参加革命，50年代起在苏州从事新闻工作，后到江苏省文联工作。"文革"期间被下放农村，20世纪70年代末才年回苏州继续文学写作。出版的短篇小说集有《荣誉》《二遇周泰》《小巷深处》《特别法庭》等，另出版有长篇小说《人之窝》。

【关于作品】

《小巷深处》写一个新中国成立前曾经被迫做了妓女的可怜女孩徐文霞，在新中国成立后希望重新拥有爱情和美好人生的故事。徐文霞在纱厂努力做工，业余时间拼命学习，就是希望能洗去历史曾经为她留下的"污点"。她就快成功了，不知道她过去的同事张俊追求她，与她一起畅想美好的未来。然而此时曾经的嫖客却突然出现，威胁着要破坏她的感情，不仅勒索金钱，还要再次玷污她的身体。徐文霞索性与张俊摊牌，最终得到了爱人的体谅。站在今天的视角看，这篇作品与其他"百花文学"有着明显不同，它没有那种辛辣的讽刺和批判，更多是直陈其是，专注于小说人物的内心世界。《小巷深处》因为关注到了徐文霞这一类有着特殊命运的人，而成为"百花文学"中的名篇。

一

苏州，这古老的城市，现在是熟睡了。她安静地躺在运河的怀抱里，像银色河床中的一朵睡莲。那不太明亮的街灯，照着秋风中的白杨，婆娑的树影在石子马路上舞动，使街道也布满了朦胧的睡意。

城市的东北角，在深邃而铺着石板的小巷里，有间屋子里的灯还亮着。灯光下有个姑娘坐在书桌旁，手托着下巴在凝思。她的鼻梁高高的，眼睛乌黑发光，长睫毛；两条发辫，从太阳穴上面垂下来，拢到后颈处又并为一条，直拖到腰际，在两条辫子合并的地方，随便结着一条花手帕。

在这条巷子里，很少有人知道这姑娘是做什么的，邻居们只知道她每天读书到深夜。只有邮递员知道她叫徐文霞，是某纱厂的工人，因为邮递员常送些写得漂亮的信件给她，而她每接到这种信件时便要皱起眉头，甚至当着邮递员的面便撕得粉碎。

徐文霞看着桌上的小代数，怎样也看不下去，感到一阵阵的烦恼。这些日子，心中常常涌起少女特有的烦恼，每当这种烦恼泛起时，便带来了恐惧和怨恨，那一段使她羞耻、屈辱和流泪的回忆就在眼前升起。

是秋雨连绵的黄昏，是寒风凛冽的冬夜吧，闾门外那些旅馆旁的马路上、屋角边、阴暗的弄堂口，闲荡着一些打扮得十分妖艳的姑娘。她们有的蜷缩着坐在石头上；有的倚在墙壁上，两手交叉在胸前，故意把那假乳房压得高高的，嘴角上随便叼着烟卷，眯着眼睛看着旅馆的大门和路上的行人。每当一个人走过时，她们便娇声娇气地喊起来：

"去吧，屋里去吧。"

"不要脸，婊子，臭货！"传来了行人的谩骂。

这骂声立即引起她们一阵哄笑，于是回敬对方一连串下流的咒骂："寿头，猪罗，赤佬……"

在这一群姑娘中，也混杂着徐文霞，那时她被老鸨叫作阿四妹。她还是十六岁的孩子，瘦削而敷满白粉的脸，映着灯光更显得惨白。这些都是七八年前的事了，徐文霞一想起心就颤抖。

一九五二年，政府把所有的妓女都收进了妇女生产教养院。徐文霞度过了终生难忘的一年，治病、诉苦、学习生产技能。她记不清母亲是什么样子，也不知道母爱的滋味，人间的幸福就莫过如此吧，最大的幸福就是在阳光下抬着头做个正直的人！

那一年以后，徐文霞便进了勤大纱厂。厂长见她年轻，又生着一副伶俐相，说："别织布吧，学电气去，那里需要灵巧的手。"

生活在徐文霞面前放出绮丽的光彩。尊敬、荣誉、爱抚的眼光，一齐向她投过来。她什么时候体验过做人的尊严呢！她深藏着自己的经历，好在几次调动工作之后，已无人知道这点了，党总支书记虽然知道的，也不愿提起这些，使她感到屈辱。没人提，那就让它过去吧，像噩梦般地消逝吧。

爱情呢，家庭的幸福呢？徐文霞不敢想。她也怕人夸耀自己的爱人，怕人提起从前的苦难，更怕小姊妹翻准备出嫁的衣箱。她渐渐地孤独起来，在寂静无声的夜晚，常蒙着被头流泪，无事时不愿有人在身边。于是，她便在这条古老的巷子里住下来，这里没人打扰她，只是偶尔门外有鞋敲打着石板，发出空洞的回响。她拼命地读书，伴着书度过长夜，忘掉一切。只是那些曾玩弄过她的臭男人不肯放松她，常写信来求婚，徐文霞接到这些信时便引起一阵怅惘，后来索性不看便撕掉："谁能和做过妓女的人有真正的爱情，别尝这杯苦酒吧！"

徐文霞站起来，在房间里走动，把所有的杂念都赶掉，翻开小代数，叹了口气，自语道："把工作让给我，把爱情让给别人吧！"

徐文霞重新埋进书本，努力探索难解的方程式。一会儿，字母便在眼前舞动，扭曲着，糊成一片黑。她拉拉眼皮，想唤回注意力。可能是天气燥热吧，她伸手推开玻璃窗。窗外起着小风，树叶儿沙沙地响着，夜气和秋声那样催人入眠，徐文霞更加烦躁了。

徐文霞为啥烦躁，只有她自己知道，那个大学毕业的技术员张俊的影子，如今还在眼前晃动。他年轻，方方的脸放着红光，老是带着笑容和她谈话，跑到她身边来找点什么，却又涨红着脸无声地走开了。徐文霞知道为着这件事烦恼，却故意不肯承认，用这种办法，她击退过好几次爱情的干扰。今天怎么搞的呢，说不想又偏去想："他今天为什么到我这里来呢？先是轻轻地敲了一下门，隔半天又敲了一次，想进来，又不想进来的样子。他的脸那么红干吗，别这样红吧，同志！难道我这个人还能讥讽人吗？唉，他为什么不讲话，他挺会说话的，今天倒结结巴巴的，尽翻我的书看，还看得很有趣呢！这些书他不是都读过吗？他要帮我补习代数，还要教我物理。昏啦，我竟答应了他，要是他怀着什么心思，我可怎得了啊！"徐文霞平静的心被搅乱了，全部"防线"都崩溃了，她不理睬那许多对她含着深情的眼光，撕掉好些向她吐露爱情的信件，却无法逃避张俊那纯真的孩子般的眼睛。她收不住奔驰起来的思想，一会儿充满了幸福，幸福得心向外膨胀，一会儿充满了恐惧，感到这事是那么可怕。各种矛盾的心情，痛苦地绞缢着她，悲惨的往事又显明起来，她伏在桌上抽泣着，肩膀在柔和的灯光下抖动。

窗外下起雨来，檐漏水滴在石板上，像倾叙着说不完的闲话。

二

时间从秋天到了冬天，徐文霞心里却像开满了春花。

一下班，张俊便到徐文霞的房间里来了。他坐在徐文霞的对面，眼不转睛地看着她。看得徐文霞脸红心跳起来，忙说：

"来吧，抓紧时间。"

张俊笑着，打开课本。他不仅讲，还表演，不知又从哪里找来许多生动的譬喻。这一点，张俊自己也不明白，在徐文霞面前，他的智慧像流不完的河水。

徐文霞开始做习题时，张俊便坐到另一张桌上做自己的功课。这时候，房间里静极了，只有笔在纸上唰唰地响，张俊一伏到书桌上，就两三小时不动身。徐文霞深怕他过度疲劳，便走过去拉拉他的耳朵，搔搔他的后脑。张俊嚷起来：

"好，你又破坏学习。"

徐文霞咯咯地笑着，便坐下来。不一会儿，她又向张俊手里塞进一只苹果。张俊把苹果放在桌子上，先不去动，过了一会儿，拿起来看看，然后便到徐文霞的口袋里摸小刀。

"好，这次是你破坏学习。"

"苹果是你送给我的!"

这一骚动，两个人都学不下去了，便收起书本，海阔天空地谈起来。张俊老是爱谈将来，一开口便是"五年以后"的理想：

"到那时候我是工程师，你是技术员……"

"我也能做技术员吗?"

"只要你学习时不调皮。"张俊调皮的眼光望着她，"那时我们还在一起工作，机器出了毛病，我和你一起修，我满脸都是机器油，嘿，你会不认识我哩!"

"你掉在染缸里我也认识。"

"要是世界上有这么一对，他们一起工作，一道回家，星期天一起上街买东西，该多好啊!"

徐文霞被说得心直跳，脸上绯红，故意装作不明白地说："那是人家的事情，你谈它做啥。"

徐文霞好像浸在一缸温水里，她第一次感到爱情给人幸福和激动。

实在没话谈了，他们便挽着手到街头散步。苏州街上的夜晚，空气是很清新的，行人又那么稀少。他们尽拣没人的地方走，踩着法国梧桐的落叶，沙沙的怪舒服。徐文霞老爱把那些枯叶踢得四处飞扬。到底走多少路，他们并不计较，总是看到北寺塔，看到那高大巍峨的黑影时便回头。

张俊每天到徐文霞这里来，实在忙了，睡觉之前也一定来说一声："睡吧！文霞，明天见。"

徐文霞也习惯了，等到十点半张俊还不来，她便睡下等他。果然听着门上的钥匙响，张俊走进来，用手在她的被头上拍两下："睡吧！文霞……"然后她才能真的安详地熟睡了。

在爱情的海洋里，徐文霞本来已经绝望了，却忽然碰着救命圈，她拼命地抓着，深怕滑掉。夜里，她常常梦见张俊铁青着脸，指着她的鼻子骂："我把你当块白璧，原来你做过妓女，不要脸的东西，从此一刀两断！"徐文霞哭着，拉着张俊："不能怪我呀，旧社会逼的……"张俊理也不理，手一摔，走出门去。徐文霞猛扑过去，扑了个空。醒来却睡在床上，浑身出着冷汗，索性痛哭起来，泪水湿了枕头，人还在抽泣。

徐文霞再也睡不着了，多少苦痛都来折磨她，寻思道：怎么办哩，老是这样下去吗？万一我的过去给张俊知道呢！告诉他吧。不，他不会原谅我，像他这样的人，多少纯洁的姑娘会爱上他，怎能要做过妓女的人呢？不能讲，千万不能讲啊！徐文霞用力绞着胸前的衬衣，打开床头的电灯，她恐惧，她怕。她不能失去张俊，不能没有张俊的爱情。

三

初冬晴朗的早晨，天暖和得出奇。苏州人都蹓进了那些古老的花园去度过他们的假日。

徐文霞穿着鹅黄色闪着白花的绸棉袄，这棉袄似乎有点儿短窄，可是却把她束得更苗条而伶俐。辫子好像更长了，齐到棉袄的下摆，给人一种修长而又秀丽的感觉。她左手拎一只黄草提包，和张俊慢慢地走进了留园，在幽静曲折的小道上，徐文霞的硬底皮鞋，咯咯地叩打着鹅卵石。小道的两旁，是堆得奇巧的假山石，瘦削的太湖石到处耸立着，安排得均匀适中。晚开的菊花还是那么挺秀，不时从太湖石的洞眼中冒出一枝来。徐文霞的眼睛像清水里的一点黑油，滴溜溜地转动着，心旷神怡。

他们在清澈的小石潭中看了金鱼，又转过耸峙的石峰，前面出现了一座小楼。

"上楼去吧。"徐文霞眼睛柔和发亮地望着他。

张俊拉着她的手却向假山上爬。

"咦，上楼多好!"徐文霞跌跌跄跄地，爬到山顶直喘气，"我叫你上楼，你偏要上山!"

"已经上楼啦，还怪人。"

徐文霞向前一看，真的上了楼，原来假山又当楼梯，使人在欣赏山景中不知不觉地登了楼，免去爬楼梯那枯燥的步行。徐文霞忍不住笑起来，停会儿又叹气说：

"俊，你看造花园的人多灵巧啊，人总是费尽心机，想把生活弄得美好一些。"

"走吧，说这些空话做啥。"

他们穿着曲折的回廊，徐文霞心中有些忧伤，说："唉，空话，要是明白了造园人的苦心，你就会同情他，同情他那美好的愿望。"

张俊心一悸动，看着徐文霞忧伤的眼色，忙说："你怎么啦，文霞，想起什么了吧?"

"不，没有什么。"

"那你为什么不高兴呢?"

"高兴哩，能和你在一起，总是高兴的。"徐文霞强笑了一下，"走吧，你看前面又是什么地方？"

他们走进了一个满月形的洞门，眼前出现了一片乡村景色。豆棚瓜架竖立着，翻开的黑土散发着芬芳。他们在牵满了葫芦藤的花架下散步，看那繁星一样坠在枯藤上的小葫芦。

张俊沉默着，忽然一副庄重的神色说："文霞，你说心里话，你觉得我这人怎样？"

"怎么说呢，我这一世，要找第二个人，恐怕……再也……"

张俊兴奋极了，满脸放着光彩，快活地说："这么说，文霞，我们结婚！"

徐文霞陡然一震动，喜悦夹杂着恐怖向她奔袭过来。她脸色有些苍白，嘴唇边微微抖动，半晌才说："走吧，我们向前。"

张俊兴奋的话说个不完："文霞，人生的道路是漫长的，在这条路上，两个人携着手，齐奔自己的理想；一个疲乏，另一个扶着她；一个胜利了，另一个祝贺他。你说，还有爬不过的高山，渡不过的大河吗！"

徐文霞感动得几乎掉下眼泪来，有这样的一个人，伴着一生，不正是自己的梦想吗！可是，她却怀疑地望着张俊，想道："要是你知道我的过去，你还能说这些话吗？"她痛苦地低下头，忙说："走吧。"

在那边，出现了一座土山，山上长满了枫树，早霜把枫叶染红了，红得像清晨的朝霞。在半山腰的石凳上，坐着个人。这人背朝着徐文霞，拉起大衣领子晒太阳。徐文霞咯咯的皮鞋声，引起了他的注意，便回过头来，露出一张扁平的脸，像一张绷紧了的鼓皮，在鼓皮的两条裂缝中间，滴溜溜的眼睛盯着徐文霞。等徐文霞发现这人时，已到了跟前，这人也跟着站起来，恭恭敬敬地说：

"你好呀四妹，你还在苏州吗？"

"你！你……也在这里玩吗。再见！……俊，到山顶上去看看吧。"徐文霞拉着张俊的手，一溜烟奔上了山峰。她神色慌乱，喘着气，腿肚在抖，眼皮跳动，浑身直打寒噤。

张俊望着那个人，见他已懒洋洋地下山了，就说：

"那人是谁，怎么叫你四妹？"

徐文霞哆嗦着："没有什么，一个熟人，四妹是我的小名。"

她呆了一下："回去吧，这里很冷，没啥玩头。"

张俊看着徐文霞奇怪的神色，心里疑惑着，忐忑不安地走出了园门。

四

门上，轻轻地敲了一下。半晌，又轻轻地敲了一下。

徐文霞的脸色从惊疑变成喜悦，她敏捷地从床上跳起来："冒失鬼，又忘了带钥匙呢！"

徐文霞慢慢地拉开门，想猛地冲出去吓张俊一下。忽然，有个扁平的脸在眼前出现了。徐文霞一惊，一阵凉气从脚下传遍全身，暗自吃惊道："朱国魂！就是那天在留园碰到的朱国魂。"徐文霞愣住了，不知道把门关上呢还是放他进来。

朱国魂微笑着，向巷子的两端看了一眼，不等什么邀请，很快地折进门来，跟着把门关上，恭恭敬敬叫了声徐小姐。

听到喊徐小姐，徐文霞更加惊惶地想："都知道啦，这个鬼。"

她强力使自己镇静，不露出一点张皇的神色，冷冷地问：

"这几年在哪里得意呀，朱经理？"

"嘿嘿，没有什么。前几年政府说我破坏了市场，把我劳动改造了两年。徐小姐，听说你这两年很抖呀。"朱国魂努力想说点儿新腔，不小心又露出了这句老话。

"现在谈不到抖不抖。"徐文霞感到一阵恶心。

朱国魂向房间里打量着，一时不讲话。徐文霞也戒备着，不知道他下一步会耍出什么花腔。她看着这张扁平脸，眼睛里藏着屈辱和愤怒。就是这个投机商，解放前她还是一个十六岁纯洁的少女的时候，他是第一次曾那样残酷地侮辱过她，把她的身子尽力地摧残。现在他想干什么呢？他不讲话，伸长着脖子挨过来，咧着那个圆圈圈似的嘴直喘气。徐文霞向后让着，真想伸手给这张扁平脸一记耳光，可是她忍耐着。从碰到他的那天起，她就怕这个人，总觉得有把柄落在这人手里。

朱国魂突然用解放前的那副流氓腔调说：

"嘻嘻，阿四妹，你真有两手，竟给你搭上张俊那小子。一表人才呀！咳，有苗头。不过当心噢，过去的那段事得瞒得紧点，露了风可就炸啦！"朱国魂眨着他那小眼睛，又意味深长地说："你放心，我不会公开我们解放前那段交情，你们的好事我总得要成全，对不对？"

徐文霞手足发凉，极力保持着的镇静消失干净，脱口说出心里话："你怎么晓得这样清楚！"

"唉，买卖人嘛，打探消息的本事还有点儿哩！"

徐文霞满脸煞白，一瞬转了很多念头：痛骂他一顿，轰他出去，拉他到派出所。这些都容易办到，可是要给张俊知道呢，要是这恶棍加油添醋地告诉张俊呢……她不敢想，头昏眩起来。她狠狠地望着对方，那张扁平脸在眼前无限制地伸长，扩大，成了极其可怕的怪相。

"你要怎么样呢，朱经理，大家都是明白人，有什么里子翻出来看看。"

"咳，谈不上怎么样，这又不是解放前。不过，我现在摆着个小摊，短点本。想问你借一点，大家心里有数嘛，互相帮忙。"

徐文霞下意识地伸出微抖的手，摸出一沓钞票放在桌子上。

朱国魂站起来，一迭声地说谢谢。他把大拇指放在唇边上擦了点唾沫，熟练地一数，又笑嘻嘻地放在桌子上，说：

"徐小姐，这二十块钱不能派什么用场。要是你身边不便，我改日再来拜访。"

徐文霞紧咬着牙，脸涨得发紫。她把半个月的工资狠命地摔在地板上，转身扑到枕头上，哽咽不成声地哭着。

五

冬天渐渐摆出冷酷的面貌，连日刮着西北风，雪花飞飞扬扬地飘落下来。

徐文霞呆坐着，面容消瘦了，眼睛也无光了。她看雪花扑打到玻璃窗上，化成水珠，像眼泪似的流下来。透过这挂满眼泪的玻璃窗，看到外面大团的雪花飞舞着，使天空变成白蒙蒙的一片。

床头闹钟嘀嗒嘀嗒地响，永远那样平稳。徐文霞又向钟看了一眼：

"咦，他怎么还不来！"

"朱国魂大概把我的一切告诉他啦!"徐文霞的心像悬在蛛丝上,快掉下来,却又悬荡着:他爱的人原来做过妓女啊!他还有脸见人吗?他哪里还能来呢。

"滴铃铃铃!"闹钟突然响起来。徐文霞一惊,以为是门铃响,她手捺着那跳得突突的胸脯。她怕朱国魂又来纠缠,又怕张俊来撞上朱国魂。她想:"朱国魂不会轻易地放我,这条毒蛇,不把血吸干了是不会吃肉的。"

张俊进来了,跺着脚,抖掉雨衣上的雪,脸冻得通红,嘴里喷出白气。他满脸是笑地说:"文霞,多大的雪,你出去看看哩,好几年不下这样大的雪啦!"

徐文霞飞奔过去吻着他:"怎么现在才来,最近怎么常来得这样迟呀?"

"是你心理作用,我还不是和过去一样,下班就来看你!文霞,别乱猜,无论怎样,我总不会离开你。"

徐文霞紧紧地搂着他:"别离开我,俊,别丢掉我呀!不,就是丢掉我,我也不会怨你。"

张俊扬起了眉毛,不明白地望着徐文霞,心想道:"她近来消瘦了,眼眶里含着泪水,心中埋藏着什么痛苦呢,不肯说,又不准问。唉,亲爱的姑娘!"他的唇边动了两下,想问什么又忍住了,只说:"结婚吧!文霞,结了婚我们会天天在一起的。"

徐文霞低头沉默着。突然,她又无声地哭了起来,伏在张俊的怀里揩眼泪。

张俊抚摸着她的头发,又怜惜又着急:"别难过,文霞,我是用真诚的心待你的,为什么你对我忽然又不信任了呢?"张俊拍拍徐文霞,安慰她一会儿,才说:"还有个会等我去,你先看看复习题，晚上我再来讲新课。"

徐文霞恍恍惚惚地想："走啦，又走啦！最近他总是这样匆匆忙忙的，好吧，结局快到了，到了，总有一天会到的，不如早些吧！"她哪有心思复习小代数呀，不知不觉又去打开箱子，把新大衣穿起来，新皮鞋穿上，围好那红色的围巾，对着镜子旋转了几下，然后叹了口气，又一件件脱下来。她自己也不相信，这些东西竟是他买来的，准备结婚的。她幻想着这一天，却又不相信会有这一天。近几天张俊不在时，她便独自翻弄这些衣服，玩赏着，做出各种美妙的想象，交织成光彩夺目的生活图画。越是痛苦失望的时候，她越是爱想这些。

蓦地，朱国魂撞了进来，皮笑肉不笑地说："你好呀，徐小姐，准备结婚啦，我讨杯喜酒吃。"

徐文霞一看见他，所有的幻想都破灭了，她发怒地把衣裳都塞进箱子里。全是这个人，一切幸福与欢笑都被这个人砸得粉碎，她怒睁着眼睛问："你又来做什么？"

"上次承你借了点小本钱，可是……又光啦。"

"怎么，我是你的债户？"徐文霞立起来，眼睛都气红了，恨不得燃起一场大火，把这个人烧成灰烬。

"何必这样动火呢，徐小姐，有美酒大家尝尝，一个人吃光了是要醉的。"

徐文霞所有的怒火都升起了："跟这个畜生拼了吧。"可是回头看看那乱七八糟的衣箱，心又软下来，手颤抖地摸出二十块钱。

朱国魂没料到第二次勒索竟这么容易，不禁向她看了一眼，发现她近几年竟长得如此苗条而又多姿，高高的胸脯，滚圆的肩膀，浑身发散着青春诱人的气息。他的心动起来了，升起一种邪恶的念头，扁平的脸上充满了血，打个哈哈说：

"今晚我睡在这里。"

"叭！叭！"两下清脆的耳光声。

朱国魂猛地向后一跳，手捂着面颊。他仍微笑着说："咳，装什么正经呀，你和我又不是第一次！"

徐文霞猛扑过去，像一头发怒了的狮子。所有的痛苦、屈辱和愤怒一齐迸发出来了，她用力捶打着朱国魂。朱国魂还是嘻嘻地笑着说："看哪，欺侮人呀，但是我原谅你，打是亲来骂是爱！"徐文霞更气得脸都白了，什么也不顾，一口咬住朱国魂的膀子。朱国魂真的痛得跳起来了，随手拎起一张方凳子，想了一下，又轻轻地放下来，放下脸来说：

"别这么神气，我只要写封信给张俊，告诉他你是干什么的，过去和我曾有过那么……"

徐文霞夺过方凳猛力掷过去。朱国魂知道再闹下去不好，转身溜出门去。方凳子"轰隆"一声撞在板壁上，把四邻都惊动了。

徐文霞站在张俊的宿舍门口，头发蓬乱着，脸色发青，眼睛里充满绝望的光芒："去，告诉他，出丑让我一个人，痛苦由我承当。"心里虽这么想，脚下却不肯移动，仿佛门槛里面有条深渊，跨进一步就无法挽救。

张俊洗完脸，端了满满的一盆肥皂水，正要用力向门外一泼，忽见门外有人，连忙收住，水在地板上泼了一大摊。

"是你！文霞。"张俊惊叫起来，看见徐文霞这副样子，更是惊慌。他忙拉着她的手坐到床上："发生什么事啦文霞，快告诉我，快！"

徐文霞痴呆着，眼睛直愣愣地看着张俊，眼泪一滴追一滴地落在地上。

"什么事，文霞?"张俊摇着她的肩膀，"快说吧! 看你气成这个样子，唉，急死人啦!"

徐文霞还是僵坐着，突然一转身，扑到张俊床上，只是泣不成声地哭着。张俊心乱极了："别哭，有话说呀，别哭啦，给人家听见了笑话。"

徐文霞不停地哭着，让眼泪来诉说她的身世、痛苦和屈辱。一直哭了十多分钟，才觉得塞在心头的东西疏通了，慢慢地平静下来，深深地吸了口气，坦率地诉说着自身的遭遇。曾经有多少个夜晚啊，她把这些话在胸中深深地埋藏着，让自己独自忍受着这痛苦。

张俊开始被徐文霞的叙述弄得不知所措，只吃惊地张着眼睛，但是后来他像听到一个不平的故事一样，怒不可遏地从床上跳起来："那个坏蛋在哪里，岂有此理，现在竟敢做这种事，我去找他!"

"别去吧，俊，派出所会找他的，不要为我的事情再闹得你也没脸见人。我对不起你，你一片真心待我，我却把我的身世对你瞒了这么长时间。别骂我，俊，我是怕你……"

"别哭吧，文霞!"

"我知道你不会再爱一个曾经做过妓女的女孩子，我为什么要拖住你呢，拖住你来分担我的羞耻和痛苦! 我要离开苏州，请求组织调我到上海去工作。今后希望你和我仍做个知己的朋友吧……"徐文霞说不下去了，又伏倒在床上哭起来。

张俊沉默着，混乱得说不出一句话来。心里打翻了五味瓶，说不出是什么滋味。

徐文霞揩干了眼泪，渐渐平静下来，想站起来走了，却没有一点力气。又过了一会儿，她像一个出征的战士，一切想好之后，带着一副毅然的神色离开了张俊的屋子，走上了她的征途。

张俊仍一人在屋子里呆立着，不知怎样处理这件事才好，脑膜什么也不能思索。

夜深了，冷得要命，大半个月亮架在屋檐上，像冰做的，露水在寂静中凝成了浓霜。

在那条深邃而铺着石板的小巷里，张俊在徘徊。他远远望着徐文霞那个亮着灯的窗户，每次要到窗户跟前又退回来，"怎样说呢，向她说些什么呢？"他想得出，那盏灯下坐着个少女，这少女是善良的化身，她无论怎样也不能和妓女这名词联系起来。他知道她在痛苦中，由于她屈辱的过去而无法生活下去，他的心又软下来："不能怪她呀，在那个黑暗的时代里，一个软弱的孤儿，能做得了什么主呢！"

要是作为一个普通女孩的不幸，毫无疑问，张俊是会同情的，而且马上就能谅解。可是，这是徐文霞，是个要伴着自己一生的姑娘。他踌躇着，在巷子里一趟又一趟地走着，似乎下决心要数出地上的石头。许多事情在眼前起伏，他想起和徐文霞相处的那些充满了幸福和幻想的日子，在这些日子里，人就变得聪明，而且对一切事情充满了信心。这些都是一个姑娘带来的，这姑娘挣扎出了苦海，向自己献出了一颗纯洁的心。她忍受着那许多痛苦来爱自己，又那么向往着美好的未来而不断地努力。张俊突然一转，奔跑着到徐文霞的门前，一摸口袋，又忘了带钥匙，便捏起拳头拼命地敲门。

那性急的擂门声，在空寂的小巷子里，引起了不平凡的回响。

铁木前传

孙犁

【关于作家】

孙犁（1913—2002），河北安平人，原名孙树勋。20世纪30年代后期参加革命。抗战期间在冀中、晋察冀边区从事文化教育工作。著有长篇小说《风云初记》，中篇小说《铁木前传》《村歌》，短篇小说《芦花荡》《嘱咐》《白洋淀记事》《荷花淀》等。20世纪80年代以后，主要从事散文随笔写作。出版有十一卷本的《孙犁全集》。

【关于作品】

《铁木前传》是关于人生选择的故事。"铁"匠傅老刚和"木"匠黎老东在困难年代曾经是无话不说的好朋友，但在新中国成立之后，黎老东"阔"起来了，傅老刚则仍然贫穷。门不当户不对让两个人渐生嫌隙，傅老刚认为黎老东忘了"本"，黎老东则认为老朋友是妒忌自己，曾经孩子之间的定下的娃娃亲自然无从谈起。子女一辈中，黎老东的四儿子和傅老刚的女儿九儿要求进步，加入了"青年团"，黎老东的六儿子原本跟九儿定了亲，但后来变成了游手好闲、不务正业之人。时代的岔路前，老一辈要做选择，年轻一辈也要做选择，读者盼着看到其中的某一种选择遇上马高蹬短甚至山穷水尽的情形，以看清作者的态度。但是孙犁不给读者这样的机会，故事在真正开始之前戛然而止，很难说清是结构安排出了问题，还是作者有意为之。

之所以这篇小说的结构安排令人生疑，是因为作者用浓墨重彩塑造了小满儿这位年轻、性感、骚动、悲伤的女性形象。小满儿本身是动人的，在"十七年"文学中显得很另类；但她和铁、木两家的恩怨关系不大，或者说，如果作者只是需要一个扰乱六儿的女性形象，那么小满儿身上的笔墨显然"过多"了。从小满儿延伸开去，作者又塑造了一个有些"不知所谓"的干部形象，这个干部深入基层，但除了受到小满儿一些不清不楚的诱惑之外，什么都没做就在小说中"消失"了。如果我们严格看小说的结构，会发现作品在某种程度上是"未完成"的，但若只是单纯从审美角度把握，像小满儿、干部这样的形象在当时则是很反常、有趣的。《铁木前传》的历史价值，或许就在于见证了时代声音与作者个人意图之间的矛盾、纠葛。

一

在人们的童年里，什么事物，留下的印象最深刻？如果是在农村里长大的，那时候，农村里的物质生活是穷苦的，文化生活是贫乏的，几年的时间，才能看到一次大戏，一年中间，也许听不到一次到村里来卖艺的锣鼓声音。于是，除去村外的田野、坟堆、破窑和柳杆子地，孩子们就没有多少可以留恋的地方了。

在谁家院里，叮叮当当的斧凿声音，吸引了他们。他们成群结队跑了进去，那一家正在请一位木匠打造新车，或是安装门户，在院子里放着一条长长的板凳，板凳的一头，突出一截木楔，木匠把要刨平的木材，放在上面，然后弯着腰，那像绸条一样的木花，就在他那不断推进的刨子上面飞卷出来，落到板凳下面。孩子们跑了过去，刚捡到手，就被监工的主人吆喝跑了：

"小孩子们，滚出去玩。"

然而那咝咝的声音，多么引诱人！木匠的手艺，多么可爱啊！还有生在墙角的那一堆木柴火，是用来熬鳔胶和烤直木材的，那噼剥噼剥的声音，也实在使人难以割舍。而木匠的工作又多是在冬天开始，这堆好火，就更可爱了。

在这个场合里，是终于不得不难过地走开的。让那可爱的斧凿声音，响到墙外来吧；让那熊熊的火光，永远在眼前闪烁吧。在童年的时候，常常就有这样一个可笑的想法：我们家什么时候也能叫一个木匠来做活呢？当孩子们回到家里，在吃晚饭的时候，把这个愿望向父亲提出来，父亲生气了：

"你们家叫木匠？咱家几辈子叫不起木匠，假如你这小子有福分，就从你这儿开办吧。要不，我把你送到黎老东那里学徒，你就可以整天和斧子凿子打交道了。"

黎老东是这个村庄里的唯一的木匠，他高个子，黄胡须，脸上有些麻子。看来，很少有给黎老东当徒弟的可能。因为孩子们知道，黎老东并不招收徒弟。他自己就有六个儿子，六个儿子都不是木匠。他们和别的孩子一样，也是整天背着柴筐下地捡豆茬。

但是，希望是永远存在的，欢乐的机会，也总是很多的。如果是在春末和夏初的日子，村里的街上，就又会有叮叮当当的声音，和一炉熊熊的火了。这叮叮当当的声音，听来更是雄壮，那一炉火看来更是旺盛，真是多远也听得见，多远也看得见啊！这是傅老刚的铁匠炉，又来到村里了。

他们每年总是要来一次的。像在屋梁上结窠的燕子一样，他们总是在一定的时间来。麦收和秋忙就要开始了，镰刀和锄头要加钢，小镐也要加钢，他们还要给农民们打造一些其他的日用家具。他们一来，人们就把那些要修理的东西和自备的破铁碎钢拿来了。

傅老刚被人们叫作"掌作的"，他有五十岁年纪了。他的瘦干的脸就像他那左手握着的火钳，右手抢着的铁锤，还有那安放在大木墩子上的铁砧的颜色一样。他那短短的连鬓的胡须，就像是铁锈。他上身不穿衣服，腰下系一条油布围裙，这围裙，长年被火星冲击，上面的大大小小的漏洞，就像蜂窝，在他那脚面上，绑着两张破袜片，也是为了防御那在锤打热铁的时候迸射出来的火花。

傅老刚是有徒弟的。他有两个徒弟，大徒弟抢大锤，沾水磨刃，小徒弟拉大风箱和做饭。小徒弟的脸上，左一道右一道都是污黑的汗水，然而他高仰着头，一只脚稳重地向前伸站，一下一下地拉送那呼呼响动的大风箱。孩子们围在旁边，对他这种傲岸的劳动的姿态，由衷地表示了深深的仰慕之情。

"喂！"当师傅从炉灶里撤出烧炼得通红的铁器，他就轻轻地关照孩子们。孩子们一哄就散开了，随着叮当的锤打声，那四溅的铁花，在他们的身后飞舞着。

如果不是父亲母亲来叫，孩子们是会一直在这里观赏的，他们也不知道，到底要看出些什么道理来。是看到把一只门吊儿打好吗？是看到把一个套环儿接上吗？童年啊！在默默的注视里，你们想念的，究竟是一种什么境界？

铁匠们每年要在这个村庄里工作一个多月。他们是早起晚睡的，早晨，人们还躺在被窝里的时候，就听到街上的大小铁锤的声音了；天黑很久，他们炉灶里的火还在燃烧着。夜晚，他们睡在炉灶的边旁，没有席棚，也没有帐幕。只有连绵阴雨的天气，他们才收拾起小车炉灶，到一个人家去。

他们经常的下处，是木匠黎老东家。黎老东家里很穷，老婆死了，留下六个孩子。前些年，他曾经下个狠心，把大孩子送到天津去学生意，把其余的几个，分别托靠给亲朋，自己背上手艺箱子，下了关东。在那遥远的异乡，他只是开了开眼界，受了很多苦楚，结果还是空着手儿回来了。回来以后，他拉扯着几个孩子住在人家的一个闲院里，日子过得越发艰难了。

黎老东是好交朋友的，又出过外，知道出门的难处。他和傅老刚的交情是深厚的，他不称呼傅老刚"掌作的"，也不像一些老年人直接叫他"老刚"，他总称呼"亲家"。

下雨天，铁匠炉就搬到他的院里来。铁匠们在一大间破碾棚里工作着。为了答谢"亲家"的好意，傅老刚每年总是抽时间给黎老东打整打整他那木作工具。该加钢的加钢，该磨刃的磨刃。这种帮助也是有酬答的，黎老东闲暇的日子，也就无代价地替铁匠们换换锤把，修修风箱。

"亲家"是叫得很熟了，但是，谁也不知道这"亲家"的准确的含义。究竟是黎老东的哪一个儿子认傅老刚为干爹了呢，还是两个人定成了儿女亲家？

"亲家，亲家，你们到底是干亲家，还是湿亲家?"人们有时候这样探问着。

"干的吧?"黎老东是个好说好笑的人，"我有六个儿子，亲家，你要哪一个叫你干爹都行。"

"湿的也行哩!"轻易不说笑的傅老刚也笑起来，"我家里是有个妞儿的。"

但是，每当他说到妞儿的时候，他那脸色就像刚刚烧红的铁，在冷水桶里猛不丁一沾，立刻就变得阴沉了。他的老婆死了，留下年幼的女儿一人在家。

"明年把孩子带来吧。"晚上，黎老东和傅老刚在碾棚里对坐着抽烟，傅老刚一直不说话，黎老东找了这样一个话题。他知道，在这个时候，只有这样一把钥匙，才能捅开老朋友的紧紧封闭着的嘴，使他那深藏在内心的痛苦流泻出来。

"那就又多一个人吃饭，"傅老刚低着头说，"女孩子家，又累手累脚。"

"你看我，"黎老东忍住眼里的泪说，"六个。"

这种谈话很是知心，可是很难继续。因为，虽然谁都有为朋友解决困难的热心，但是谁也知道，实际上真是无能为力。就连互相安慰，都也感到是徒然的了。

这时候，黎老东最小的儿子，名字叫六儿的，来叫父亲睡觉。傅老刚抬起头来，望着他说：

"我看，你这几个孩子，就算六儿长得最精神，心眼儿也最灵。"

"我希望你将来收他做个徒弟哩。"黎老东把六儿拉到怀里说，"我那小侄女儿，也有他这么大?"

"六儿今年几岁了？"傅老刚问。

"九岁。"六儿自己回答。

"我那女儿也是九岁。"傅老刚说，"她比你要矮一头哩，她要向你叫哥哥哩。"

二

第二年头麦熟，傅老刚真的从老家把女儿带来了。他在小车的一边，给女儿安置了一个座位。这座位当然很小，小孩子用右手紧把住小车的上装，把脚盘起来，侧着身子坐在垫好的一小块破褥上。他们在路上走了五六天，住了几次小店，吃了很多尘土。然而女孩子是很高兴的，她可以跟父亲，这唯一的亲人，长住在一起，对她说来是最幸福的了。

到了村里，先投奔了黎老东家。黎老东很是高兴，招呼左邻右舍的女孩子们来和小客人玩。

"你叫什么名儿呀？"那些女孩子们问她。

"我叫九儿。"小客人回答。

"你姐妹九个？"女孩子们问。

"就我一个哩。"小客人说。

"那你为什么叫九儿？"女孩子们奇怪了，"在我们这里，谁是老几就叫几儿，比如六儿，他就是老六。"

"这是我娘活着的时候，给我起的名儿。"小客人难过地说，"我是九月初九的生日哩。"

"啊。"女孩子们明白了，"那么，你们那里还兴留小辫儿吗？"

"唔。"小客人有些害羞了，缠在她那独根大辫上的绳儿，红得多么耀眼呀!

和女孩子们玩了几天,和六儿也就熟了。九儿看出,六儿和她很亲近,就像两个人的父亲在一起时表现得那样。傅老刚活儿忙,女孩子跟在身边不方便,他打夜作,给六儿和九儿每人打了一把拾柴的小镐儿,黎老东给他们拾掇上镐柄,白天就打发他们到野外去。六儿背着红荆条大筐,提着小镐儿,扬长走在前头,九儿背一个较小的筐子,紧跟在后面,走到很远很远的野地里去。

六儿不喜欢在村边村沿拾柴,他总是愿意到人们不常到、好像是他一个人发现的新地方去。可是,走出这样远,他并不好好地工作,他总是把时间浪费在路上。他忽然轰起一个窠卵儿鸟,那种鸟儿贴着地皮飞,飞不远又落下,好像引逗人似的,六儿赶了一程又一程。有时候,他又追赶一只半大不小的野兔儿,他总以为这是可以追上的,结果每次都失败了。

"我们赶紧拾柴吧。"九儿劝告地说。

"忙什么?"六儿说,"天黑拾满一筐回去就行。"

"我们不许一人拾两筐吗?"九儿说。

"就是一天拾三筐,也过不成财主!"六儿严肃地驳斥着。

他慢慢地走在草地里,注视着脚下。在一处做个记号,又察看着。后来,他把柴筐扔在一旁,招呼着九儿:

"你守住这个洞口,不要叫它从这里跑了。"

他回到做记号的那里,弯下腰,用小镐儿飞快地掘起来。

这天,他们高兴地捉住了一只短尾巴的小田鼠,晚上带回家里来,装在一只小木匣里。木匠家总是有很多木匣子的。

第二天,风很大。他两个没有到地里去,在六儿家里玩。父亲出去做活了,六儿拿出小田鼠来,对九儿说:

"它在匣里住了一夜，一定很闷，我们叫它在地下跑跑吧。"

"捉不住了，怎么办？"九儿说。

"不要紧，你把水道守住就行了。"六儿把小田鼠放在地下。起初小田鼠伏在他的脚下，一动也不动。六儿"嘘"它，跺脚轰它，它跑开了，绕着房根儿转，突然钻进了一个洞。

六儿发急了，他命令九儿：

"你看瓮里有水没有？"

瓮里干着。六儿抓起瓢来，跑到咸菜缸那里，舀来一瓢盐水，灌进了鼠洞。看看不顶事，又要去舀。

"大叔回来要骂了，"九儿说，"盐是很贵的。"

六儿用力把瓢扔在地下，瓢摔裂了。

这一回，两个人玩得很不好。六儿失去了小田鼠，心里很难过。九儿心疼那一瓢盐水，她也是个穷人家的孩子，她在家里，是一针一线也不敢糟踢的。

风越刮越大，他俩躲到破碾棚里去。那座不常有人使用的大石碾，停在中间。碾台上蒙着一层尘土，九儿坐在上面。六儿爬到那架大空扇车里面，蜷起身子像只虾米一样，仰天睡下了。他招呼九儿：

"你也进来吧，盛得下。"

"我不进去。"九儿说。

她在思想，面对着现实。外面的风，刮得天黑地暗，屋顶上的蜘蛛网抖动着，一只庞大的蜘蛛，被风吹得掉下来，又急遽地团回去了。她没有母亲，她的父亲，现时在外面的大风里工作着。她新结交的小伙伴，躺在扇车里睡着了。童年的种种回忆，将长久占据人们的心，就当你一旦居住在摩天大楼里，在这低矮的碾房里的一个下午的景象，还是会时常涌现在你沉思的眼前吧？

三

就在这一年，开始了抗日战争。这是在平原上急骤兴起的，动摇旧的生活基础的第一次大风暴。从这一年起，人们在战争的考验里，接受了阶级斗争的新道理，广大的劳苦半生的人们，包括他们那从前以为累赘、无法养教的儿女们，开始打破有形无形、传统久远的束缚和枷锁。黎老东在家的两个较大的儿子，都参军去了。

在兵荒马乱里，傅老刚没有能够按时回到老家去，好在女儿也在身边，他不想去冒那长远路途上的危险了。在这些年月里，木匠、铁匠除去为农业生产服务，还都要为战争服务。傅老刚的两个徒弟，不久也参加了八路军附设的兵工厂。在这一年冬天，傅老刚和女儿，给来往不断和越聚越多的骑兵打钉马掌。九儿兴奋地工作着，有一次她只顾观望那过往的部队，被一匹性烈的马踢了一脚，从此在额角上留下一块小小的伤痕。当时，部队上的卫生员替她包扎好，她连一声也没哭。以后，大家公认，这块小伤痕，不但没有损害九儿的颜面，反而给她增加了几分美丽。

孩子们在风雨里、炮火里，饥饿和寒冷的煎熬里，战斗和胜利的兴奋里，完成了他们的童年，可珍贵的童年的历程。傅老刚在村里人缘很好，附近村庄的人们也都认识他。在逃难的时候，那些妇女们看到九儿，都自动地愿意带着她，跑到哪个村庄，人们一听说是铁匠的女孩子，也愿意收留吃饭和安排住宿。在战争的最后二年，因为年岁大些了，游击经验也丰富些了，九儿总是好和六儿一同走。六儿胆子很大，很机警，照顾九儿也很周到。当他们在一块儿的时候，在九儿那刚刚懂事的心里，除去有人做伴仗胆，感到幸福，还产生了一种相依相靠的感情。当她和六儿在一块儿的时候，也真的没有遇到什么大的危险。因此，她有时也真的相信六儿自我吹嘘的话了。

六儿常常对她说：

"你谁也不要跟着，就跟着我吧，日本鬼子不敢着我的边。"

"你净瞎说。"九儿跟在他身后边说。

"你跟着我，饥不着也渴不着，"六儿自信地说，"我会像一只大老家（雀），给你打食儿吃。"

在九儿的眼里，六儿的办法就是多一些。下雨的时候，他总是能很好地把九儿安置起来，就是在野地里，也淋不湿。在九儿觉饿的时候，他能跑出多远，找些吃的东西回来。那时候，在野外躲藏的人很多，人们是愿意帮助孩子们的。而更重要的是，九儿从心里发生的那一种感激和喜欢的心情，也确实能战胜一时的饥饿和寒冷。

日本投降以后，因为多年不回老家，老铁匠急于要带女儿回去看望一下。

临走的那天晚上，黎老东打了一壶酒，给傅老刚送行。平日，傅老刚即使在喝酒的时候，话也是很少的；黎老东酒一沾唇，那话就像黄河开了口子一样，滔滔不绝。可是今天晚上，两个老朋友中间放上一盏菜油灯，一把酒壶，在快要分别的时候，黎老东只是勉强地说了几句普通话。以后，就也把头低下来，一直沉默着。

这是很稀奇的现象。傅老刚问：

"亲家，你心里有什么事？"

"有点儿事儿。"黎老东突然兴奋起来，他是单等着老朋友这句问话的。"亲家，我想向你请求一件事。你看，我有六个儿子，穷得这样，我这一辈子也不打算什么了。不过六儿这孩子，我看还许有些出息。"

"亲家，"傅老刚插断他的话，"你就是娇惯了他一些。孩子们是要管得严紧些的。"

"是这样。"黎老东急于要把话说完，"咱也别绕圈子，据我冷眼观看，九儿和六儿，两个人的感情还合得来。按说，像我这个穷光蛋，还想支使儿媳妇？不过，咳！"

他一口把壶里的酒喝干了，就又低下头去。

"我明白你的意思了。"傅老刚说，"你穷，我就富吗？"

"不过，不过，养女儿总是要攀个高枝儿的。"黎老东低着头说。

"孩子们年纪还小。等我们从老家回来再定规，你说好不好？"傅老刚这样冷漠地结束了这场本来应该激动人心的交谈，使得老朋友的心冷了半截。

这一晚上，九儿在附近的婶子大娘家里辞行。姐妹们留恋她，在这家停一会儿，又一群一伙地到另一家去。六儿也一直跟在后面，就有姐妹们说他：

"你老是跟着干什么？一个小子家。这又不是打游击的时候了。"

"人家也是来送九儿哩。"有的姑娘说。

"快家去睡觉吧，六儿。"有的大娘斥责他。

"我就是跟着！"六儿有些气愤地在心里说，"我就是不去睡觉！你们管得着吗?"

九儿一直和别人说笑着。

第二天，打早起，六儿跟着父亲，帮九儿家收拾小车。在黑影儿里，九儿小声对他说:

"我们还要回来的呀。"

四

傅老刚和九儿走了以后，就一直没有音讯。听说在他们家乡那一带，是蒋匪军盘踞着。这二年，平原上进行着解放战争，人们又经历了许多重大的事件。土地改革以后，黎老东因为是贫农，又是军属，分得了较多较好的地。后来，二儿子在解放战争里牺牲了，领到一笔抚恤粮。天津解放了，在那里做生意的大儿子又捎来一些现款，家里的生活，突然提高了很多。黎老东听到二儿子牺牲的消息以后，悲痛了一个时期。他想起这个老二从小没有得过一点儿好，母亲死了以后，还曾带着四兄弟讨要过一个时期的饭。

现在，黎老东是将近六十岁的人了，身边只有四儿和六儿。但是，不知道为了什么，黎老东不大喜爱四儿，只喜爱六儿。老人的心里想:自己受了一辈子苦，没有过出头之日，几个大孩子，小的时候也没有赶上好年月，现在既然生活好了，应该叫六儿多享些福。

这样，六儿就越发娇惯起来了。他已经长大成人，他不愿意像四哥一样到地里去做活，起猪圈送粪这些事，他连边也不愿沾。可是，也不好净闲着，他就学做些小买卖。秋后，搓大花生仁儿，炒了到街上卖；冬天煮老豆腐，晚上在大街十字路口敲着梆子。卖不完的，就自己吃。每天夜里，父亲已经钻被窝了，他盛上一大碗老豆腐，多加蒜、姜，送到老人脑袋头起说：

"爹，吃了吧，热的。"

老人爬起来，喝完老豆腐，心里想，这孩子多懂事儿，多孝顺呀！

有时，六儿也盛上一碗送给在夜里喂着牲口的四哥，老四是从小知道省细的，总是不愿意吃。他对六儿说：

"多卖一碗，就多赚一碗，我这就要睡觉了，喝一碗这个有什么用？"这使得六儿有时想：这个人真不知好歹哩。

但是，不管卖花生仁儿，还是卖老豆腐，六儿总是赚不下钱。在街面上，他的朋友多，这个抓一把，那个喝一碗，就是记上账，六儿也拉不下脸皮儿去要，到年底，还是得老四去讨账。特别是那些姑娘们，看见六儿提着花生仁儿来了，就说：

"你这花生仁儿脆不脆？香不香？"

"你们尝尝呀！"六儿赶忙张开布袋口儿笑着说。

"尝"是不要钱的，可是姑娘们很多，又都下得手，一个人一大把不算，六儿还自己抓着送到她们手里，替她们装进那口儿虽小底儿却深的衣裳口袋里去。

六儿长得个儿适中，脸皮儿很白，脾气儿又好，他在街上成了姑娘们十分喜欢的对象。六儿已经能够自觉到这一点，他就更加注意去巩固和扩大这个良好的影响。战争结束以后，在这个村里，他第一个留起大分头，还不叫担挑的剃头匠理发，总是在集日跑到县城南关的理发店去。夜晚，村里只有他有一筒手电，在街上一晃一晃的，姑娘们嬉笑着围着他：

"看你，六儿，照坏了我的眼！"

"来，六儿，给我拿拿！"

在雨天，他有一双双钱牌胶鞋，故意穿上去串门儿，谁家的姑娘好看，谁家庭院里积的雨水深，他就特别到谁家去。那家的姑娘在窗户眼儿里看见他进来，就赶紧爬下炕来说：

"六儿，你来得正好，脱下来给我穿穿，我正要到茅房里去！"

"你穿着正合适。"六儿说，一边脱下胶鞋来递给她，"你也该买一双。"

"我哪里有这些钱呀？"姑娘笑着说，"六儿，你什么时候再进城，给我捎一双袜子来吧！"

"什么色儿的？"六儿问。

"你看着吧，你常买东西，又懂眼。"姑娘信任地说，在腰里掏摸着，"你带着钱吧！"

"不用。"六儿说，"买回来，再说吧。"

等到买回来，姑娘们只称赞他买得货色好，尺寸合适，就再也不提钱的事了。

五

黎老东目前也顾不上管教他，老人正在为新兴的家业操心。新近他把那匹老灰驴换成了一匹红马。这匹马虽然口齿老一些，但蹄腿毛色都很好，架上那辆分来的破车，实在显得不调和。老人四处去观看，买回几棵榆树槐树，想自己打一辆大车。黎老东打的大车是远近知名的，一辈子给人家打了无数的车，现在年老了，也给孩子们打一辆吧，他的心情是十分愉快的。在转悠着买树的时候，他还得到一棵小檀木树的秧子，做木匠的最喜爱这种树，他把它栽到自己的窗台下，小心养护着，作为自己新的生活开始的标志。院里养了一群鸡，猪圈里新买来两个猪崽儿。

他叫老四和他解树，在院子里，被解的树木斜竖起来，像一架高射炮。老人登在上面，俯身向下，老四坐在地下，仰身向上，按着墨线拉那大锯，一推一送。老人总是埋怨老四笨，不是说他走了线，就是说他不会送锯。老四建议叫六儿来拉锯，老人又不肯。老四说他有偏心，父子两个争吵起来，老人甚至举起锛斧，绕院子追赶。

老四最不喜欢人家说他笨。他从抗日战争以来，学习很努力，每天看书看报上夜校，积极参加村里的青年工作，他觉得在家庭里，他比父亲和六儿都进步得多，懂事得多。

吵过架，老人又不甘寂寞，说：

"我像你这个年纪，早就出师了。我的手艺，不用说在这一县，就是在关外，在哈尔滨，那里有日本木匠，也有俄国木匠，我也没叫人比下去过。'哈拉索'，有钱的苏联人总是这样对我说。"

"那时他们不是苏联人，那时他们是白俄。"老四说。

"县城南关福聚东银号的大客厅的隔扇，是我做的。那些年，每逢十月庙会，远从云南广西来的大药商，也特别称赞那花儿刻得好。"老人越说越高兴，"这字号是卜家的买卖，老东家和我很合适。"

"卜家不是叫贫农团斗倒了吗？"老四说，"你这话只能在家里说，在外边说，人家会说你和地主有拉拢。"

"南关西后街崔家的轿车，也是我打的。"老人说，"那车只有老太太出门才肯用。"

"那也是大地主。"老四说，"那辆车早分给贫农，装大粪用了。"

老人把锯用力往下一送，差一点没把老四顶个后仰。

大车的木工程序越是接近完成的时候，黎老东越是怀念他那老朋友傅老刚，因为还要有段铁工程序，大车才能制造成功。附近当然也有其他的铁匠，但是这些人的手艺，都不中黎老东的意。过去，他是常常和傅老刚合打一辆大车的。而他们合打的大车，据说一上道，咯噔咯噔一响，人们离很远，就能判断出这是黎老东砍的轴，挑的键，傅老刚挂的车瓦。他很希望老朋友能来帮他把这一辆车成全好，成为他们多年合作中的代表作品，象征他们终身不变的深厚友谊。现在家里又有吃有喝，他想给傅老刚捎上个信儿，叫他带女儿来。孩子们的年岁也到了，凭眼下这日子光景，再求婚也就理直气壮了。

可是，听说那边还在打仗，信儿也不好捎。

想起儿女的婚姻，黎老东就想起住宅的问题，现在住的这个破院，虽说村里已经固定给他，要是儿子们结婚，还是很不够住的。当父亲的赶上这个年月，还不能替孩子们安排下几间住处，也感觉于心有愧似的。今年一个麦季，一个秋季，收成都很好。他想把粮食合起来，换处宅院。原先，他是想多买几亩田地的，听人说，这年头田地总不牢靠，宅院到什么社会，终归是自己的，他就下了决心买宅子。

关于买宅子，老四提议要和军队上的哥哥商量一下，黎老东说："不用。他是革命干部，不同意我们置家业过活。"

他托了村里的说合人，替他物色宅院。很快，说合人就来告诉他，后街二寡妇那宅子要卖。这所宅子包括三间土墼抹灰北房，木架门窗都还很坚固，院子很大，以后可以盖三合房，现在就有一个大梢门甬儿。价钱不贵，十石麦子。另外，这所宅院距离黎老东现在住的地方很近，以后来往也方便。

黎老东想了想，很中意这宅子，就要下定钱。但是老寡妇有一个附带条件，要卖"养老腾宅"，就是说要等她死了，新主人才能搬进来。对于这一点，黎老东有些犹豫，谁知道老寡妇哪年死哩，看来她还很健康。不久，说合人又来说，老寡妇有个侄儿要争这宅院，出十二石麦。黎老东一听着了急，下了定钱，还和老寡妇那个侄儿闹了一场纠纷，经过村里调解，黎老东是军烈属，才得买到了手。

买了宅子，黎老东操心的事情可就多了。他隔几天就要到那宅子里转转，看见院子里跑着一群别人家的鸡，他就轰出去，看见墙头又叫孩子们登倒了，他就垒起来，看见房墙上的泥皮掉了，就和泥抹上。他关心宅院的每一个细小部分，而老寡妇好像什么也不管，在东间屋里炕上喘嗽着。

冬天，黎老东想叫老四到这北屋西间来住，捎带喂牲口，马槽就安在外间。他和老寡妇商量，老寡妇不同意，说马会把粪拉到她做饭的锅里。因为这个争吵起来，老寡妇一生气，收拾东西，到女儿家住去了，声言是黎老东把她逼走，在村里影响很不好。在军队里的儿子，不知怎么也知道了，来信批评了父亲。

黎老东为这件事也懊悔了好几天，觉得是找了麻烦。但是既然买了，就搬来住吧，选择了一个日子，他和六儿、四儿搬进了这一所新居。人们还要他请酒，他也只好应酬了一下。

夜里，六儿很晚才回来，黎老东一直没睡着，在等着他。

"我为什么买这个冤孽？"黎老东说，"不就是为了你？"

"嗯。"六儿把头蒙在被窝里，"新房子怎么这样冷呀？"

"你要学点好。"黎老东又规诫着，"不要整天瞎跑。"

而六儿已经呼呼入睡了，鼾声是那样匀称和舒心，老人是喜爱听这种声音的。年老的人，身边有个小儿子甜蜜地睡着，是会感到幸福的。

六

这一年冬天，六儿和村里的一家懒人，合伙卖牛肉包子。每天晚上，他背着一个小木柜子，在大街上来回游逛。

"牛肉包儿呀！好热的牛肉包儿呀！"

一直到深夜。

包子房设在村西头黎大傻家。黎大傻的老婆，原是县城东关一户包娼窝赌不务正业的人家的长女。这女人长得既丑且怪，右脚往里勾着，黑麻脸，左眼从小瞎了，有一大块萝卜花向外冒突着。她的性情很是刁泼，在新社会里，也长期改造不好，又非常好吃，为了满足她那馋嘴，她会想出一些奇奇怪怪别人绝想不到的办法。

黎大傻行什么事，也是要看着女人的眼色，听着女人的鼻息的。抗日战争以后，经过几次社会运动，他们每次都把分得的一些东西泼洒了。过程是：把分得的土地和一些粗粮变卖了，换回麦子卖面条儿，结果，一家人把本儿利儿全吃进肚里去。

今年和六儿卖包子，就是和面擀皮儿这些极为轻微的工作，黎大傻的老婆也是不愿意担负的。她不久就从娘家接了一个妹妹来，名义上是帮忙做活，她的实际目的在哪里，谁也猜得着。

这位妹妹，外表和姐姐长得非常不同，人们传说，这孩子原是那些年，从别人家领来的，和她的姐姐，并非一母所生。

她今年十九岁了，小名叫满儿。已经结了婚，丈夫长年在外面。小满儿一年比一年出脱得好看，走动起来，真像招展的花枝，满城关没有一个人不认识她，大家公认她是这一带地方的人尖儿。

刚到姐姐家来，小满儿表现得很安静。她不常出门儿，每天，姐姐出去串门儿，她就盘腿卧脚地坐在炕上剁馅儿，包包子，连头也不轻易抬起。黎大傻在地下来往，装着笼屉，兼在灶上烧火。六儿没事做，放一条板凳在炕沿儿下面，呆呆地望着她抽香烟。等到天黑，姐姐回来，小满儿问做什么吃，姐姐照例是说得很干脆的："还做什么吃？熬点米汤儿，就包子吃！"

"六儿不用回家，就在一块儿吃吧？"小满儿问。

"那还用你说吗？"姐姐笑着，"人家是咱们的大东家哩，要好好照应！"

现在，六儿就黑夜白日地在这一家鬼混。

渐渐，小满儿就不能安静地坐在炕上了。她每天要抽空儿到门口儿站一站。自从她搬到姐姐家，不知道是谁传播的消息，那些卖胭脂粉儿香胰子的小贩，也都跟踪到这村里来了。他们像上市一样，常常把三副几副的担子放在她姐姐家的门口，如果小满儿还没有出来，他们就用力摇动那小货郎鼓儿，用繁乱的、挑逗的节奏把她招引出来。

以后，小满儿又借口占碾子借磨，到大街上去。

每逢小满儿到街上来推碾，就会在这小小的村庄里引起一场动乱。当她还没有得到推碾的机会，只是放下一把笤帚在碾子旁边占着，自己一径回家去了，就有一些青年人趁到碾子附近来了。青年人越聚越多，常常使得那正在推碾的人家，感到非常的奇怪。

后来，碾子空下了，就有青年自动去给她报信。过了一会儿，小满儿从她姐姐家的胡同里转出来，青年们的眼睛就一齐转向她那里。青年们的眼神是多种多样的，有的勇迈些，有的怯弱些，然而都被内心的热情和狂想激动着，就像无数的接连爆发的一片火焰。

小满儿头上顶着一个大笸箩，一只手伸上去扶住边缘，旁若无人地向这里走来。她的新做的时兴的花袄，被风吹折起前襟，露出鲜红的里儿；她的肥大的像两口大钟似的棉裤角，有节奏地相互摩擦着。她的绣花鞋，平整地在地下迈动，像留不下脚印似的那样轻松。

她那空着的一只手，扮演舞蹈似的前后摆动着，柔嫩得像粉面儿捏成。她的脸微微红涨，为了不显出气喘，她把两片红润的嘴唇紧闭着，把脖子里的纽扣儿也预先解开了。

她通过这条长长的大街，就像一位凯旋的将军，正在通过需要他检阅的部队。青年们，有的后退了几步，有的上到墙根高坡上，去瞻仰她的丰姿。

小满儿来到石碾旁边，一转身，把大笸箩放在了地下。然后，她掠了掠齐肩的油黑的头发，向青年们扫射了一眼。

她是来碾米。她把谷子铺在碾盘上，等候着她的姐姐。她姐姐叫什么事耽搁住了，一直没有来，她就一个人推动了石碾。

她心里明白，不会没有人来帮她的忙。但是今天，青年们都在观望着，做着各种丑态，甚至互相推挤，却谁也没有勇气上前。

每当小满儿推着碾子转到街道旁边，她就转身向村西头望望，看看六儿来了没有。她很希望六儿在这个时候来，他比这些屡头们懂事，会跑着过来帮她的忙。

可是，六儿也好像忘记了和她约好的这回事儿似的，一直没影儿。她实在推不动了，又不愿意在这些青年人面前示弱，她装作碾得了头合，突地停下来往回折扫着，转身抓起了簸箕。

"怕还不行吧！"这时站在最前边的一个青年叫大壮的，开了口。

这个名叫大壮而实际上非常胆小的青年，是耐不过这种沉寂的场面，又实在心疼对方，才鼓足勇气去抓起了那根闲着的推碾棍。他这种异乎寻常的举动，使得全体青年吃了一惊，连平日向他开玩笑的习惯都忘记了。但是，忽然从街东头传来一声喊叫，这一声喊叫，就像在冬天的夜晚，有黄鼬来拉鸡，孤处的女主人从梦中惊醒，喊叫出来的那种声音一样凌厉吓人。

这是大壮的媳妇。大壮早婚，她比丈夫足足大八岁。她熬过很长的一段岁月，自从大壮渐渐懂得事理，她就越发爱他，并且越发管教得严格了。大壮平日很怕她，他怕她就像怕自己的姐姐，甚至像怕自己的母亲一样。因为，在多年的印象里，她不只照顾了他的饮食起居，而且也教导着他的言语行动。但是大壮从来也没想到，在他偶尔同别的女人在一起的时候，会引起自己的女人这样大的愤怒。他扶着碾棍，呆呆地望着自己的女人。

"你这个不要脸的东西！"大壮的女人急急走过来说，"快做晚饭了，你不去担水，跑到这里来干什么？"

"唔？"在众人面前，在女人的盛怒之下，大壮不知道怎样回答才好。

"你是哑巴，是聋子？"大壮女人的声音更严厉了，"我问你跑到这里来干什么？你年下就十八岁了，不学正经！"

"他还小哩，原谅他这一次吧！"青年们在一边打哈哈。

"他还小？"大壮的女人最不喜欢别人说她的丈夫年纪小，"什么才叫大人？你们小吗？吃屎的孩子，也干不出这样没出息的事儿来！你们是一群狗，有一只小母狗儿，在街上夹着尾巴一蹓跶，就把你们都引出来了！就把你们的脖子勾引得硬了，就把你们的眼睛勾引得直了！我在那边瞧了老半天，看看你们那下流样子！你们自己不觉？快到井台上，弄点儿水来照照吧！"

她这种不分敌友，一律混杂的教训，引起了青年们的极度不满，但是没有人愿意在这个时候和她冲突。他们用眼睛、用咳嗽鼓励大壮，很希望大壮就手抽出那根大推碾棍来。但是大壮连丝毫反抗的意思也没有，他甚至移动脚步，要想回家去了。

青年们注视着小满儿，小满儿簸着米糠，脸涨得像块红布。这女孩子，过去在多少男人面前，也是号称难惹的，但是今天遇到这样的场面，她低着头，连一句话也没讲。

斗争总是要展开的，她的姐姐已经在西街口那里出现。她之奔赴这里来，就像抢救水火一样迫切。因为肥胖，因为她的一只脚有点儿毛病，特别因为她的视力不能集中，她那奔跑的姿势，就像足球场上，带着球奋勇突击的前锋一样：一时曲偻着上身，一时弯架着胳膊，一时左右脚交攀着，一时在地下滚动着。

"你说谁是小母狗？"她离大壮的女人还有十码远，就发出了战斗的檄文。

"谁自认，我就说的是谁！"大壮的女人挺着身子说。

"我的妹妹是黄花少女！"黎大傻的女人说，"她的屁股也比你的脸干净！你管教你的小女婿行，欺侮我的亲戚就办不到！"

她跑到石碾那里抽出一根棍，但是叫小满儿给拦住了。

"你怎么变得这样老好子？"她吃喝着妹妹，"叫你把我的人都丢净了！"

她举着大棍，奔向大壮媳妇，大壮媳妇以逸待劳，接住棍头，往怀里一带，黎大傻的老婆就来了个嘴啃地。

七

就在这个时候，久别的傅老刚父女，回到了这个村庄。

傅老刚还是推着他那铁匠炉，前面拉车的，是九儿。

傅老刚越显得年老和消瘦，小车已经破烂不堪，吱吱的声音，也没有了当年的气派。九儿长高了，但穿的衣服也很破旧。她的脸蛋儿很是干瘦，头发上挂满尘土，鞋面儿已经飞裂，只有那一对大眼睛里射出的纯洁亲热的光芒，使人看出她对于回到这里来，是感到多么迫切和愉快。

把小车推到十字街口，傅老刚放下绊带，和人们问好。九儿拉下脖里围着的旧毛巾，擦着脸上的汗水。

"我们又回来了，"傅老刚说，"可是，你们为什么吵架呀！"

"不为什么，"青年们说，"两位女同志，吃饱了没事儿，在这里练把式。"

"不要这样。"傅老刚郑重地说，"你们一直生活在咱们的根据地，真是生活在天堂里了。你们看我们那里，在国民党占据着的时候，人们的生活困难到了什么地步！我同九儿回去，正好陷在网儿里。还好，总算是逃了个活命儿出来。"

"你们那里生产怎么样？"青年们问。

"正在恢复，今年又遇到荒年。"傅老刚说，"你们有好日子，不好生过，就对不起共产党和毛主席。这些年，我一直想念你们，我想这里是老解放区，工作一定进步得多。六儿哩，怎么不见六儿?"

傅老刚在人群里巡视着，转身望了望他的女儿。女儿好像已经寻觅过了，她现在只是站在那里，注视着正在推碾的那个长得极端俊俏，眉眼十分飞动的女孩子，她不认识这个女的，以为是谁家新娶的小媳妇。

"刚才，我看见六儿在村北边趁鸽子，这会儿，也许回家去了。"一个青年说，"你也该去看望看望你的老亲家了，黎老东这两年的生活，可提高大发了!"

傅老刚和人们告别，架起小车。九儿拉着牵绳，还不断地回头看小满儿。

见到老朋友，黎老东高兴极了。他带着亲家到他那新宅子里去看他打制的大车。

"亲家你看，就等你来了。"黎老东兴奋地说，"明天，咱们就在这院里支起炉灶来。你看，这院子多么豁亮，做起活儿来多醒脾?"

"真是好哩，"傅老刚说，"就是在这里开个木货厂，也满宽绰呢。"

"打上这辆车，我也就该休息了。"黎老东十分得意地说，"你知道，现在运销很赚钱，车轱辘儿一动，就是大把的票子。天津解放了，老大挣钱也多了，你看，刚一进冬天，就给我买来了这个。可是穿上这个，我还能做活吗?"

傅老刚打量着亲家高高翻起的新黑细布面的大羊羔皮袍，忽然觉得身上有些寒冷似的。黎老东还没有让远来的客人进屋休息的意思，他详细地说明了建设这所宅院的计划，又带着亲家去看猪圈。最后，推开北房门，叫亲家看马，这才顺便把客人让到里间坐下来。

当两个老人进了屋，九儿刚要跟进去的时候，她抬头看见，六儿站在房顶上向她招手儿，并且指给她上房的梯子所在。九儿轻轻上到房上，看见六儿躲在一排干树枝后面，引逗着一群鸽子玩儿。鸽子看到生人上来，都拍翅飞向天空，现在太阳西沉，西天的红霞映照到白灰抹平的房顶上，红色的白色的鸽子在他们头顶上奋飞着，追逐着，翻腾着。

"我早就看见你来了。"六儿说，"有我父亲，我不敢大声叫你。"

"你喂这些鸽子干什么?"九儿问。

"好玩呗。"六儿说，"新近，杨卯儿从北京弄来一对纯白的外国种，实在好，我还想买来哩，人家就是贵贱不卖。"

"青年团不批评你吗?"九儿问。

"我不是青年团。"六儿扬手引逗着天空的鸽子，使它们飞下来又飞上去，"你加入了吗?"

"我也是刚加入。"九儿说着沉默了。

"这东西玩熟了，最有意思。"六儿说着站立起来，向天空呼叫着，"鸽儿，鸽儿。"

鸽子们先后驯顺地落在房檐儿上。

"六儿，那个姑娘是谁?"九儿忽然看见，在西边隔几户人家的一间房上，站着刚才推碾的那个姑娘。那姑娘直直地望着这里，脸上带着那么一种逼人而又难以理解的笑容。

"那是黎大傻的小姨子小满儿。"六儿说,"包子蒸熟了,我该去装柜子了,我们下去吧。"

吃晚饭的时候,六儿也没有回家来。当四儿知道九儿也是个青年团员的时候,非常高兴地说:

"你的关系带来了吗?今天晚上,你先参加我们的学习会吧。"

"我一路上,把关系转了来。"九儿笑着说,"我很愿意参加你们的学习会,四哥在团支部负责吗?"

"我是宣传委员。"四儿说,"咱这一带地方风沙大,每年春天缺雨,上级号召人们打井栽树,变旱田为水田,这是好事儿。可是村里还有很多人认识不清楚。"

"就是他妈的你认识清楚,"黎老东说,"你少在外头给我挣骂吧。"

"六儿为什么不参加青年团?"九儿问。

"谁知道他为什么?"四儿说,"他说脑筋不好,一开会就头痛。你看他像脑筋不好的人吗?"

"你要帮助他。"九儿说,"我看他把心都用到旁处去了。"

"你劝劝他也许好些。"四儿叹气说,"他一点儿也瞧不起我。我在我们家里,威信太低。"

"胡说八道。"黎老东又斥责他,"你在外边威信高,高了什么来?"

"年轻人进步是好事。"傅老刚劝说着,"亲家,要不是这个世道,你的生活能过得这样好吗?"

"你说的这话对。"黎老东说,"时代是不断前进的,可是,我们过日子,还得按照老理儿才行。"

八

由于九儿表示十分关怀，四儿提议一同找六儿谈一谈。四儿把牲口喂上，叫两个老人在家看门，装好学习文件，又带上一个小油灯，同九儿出来。

"你带个油灯干什么？"九儿问。

"这是我们团里的学习灯。不敢放在讲堂上，怕浪费油。"

黎老东在屋里听到"油"字，就冲着窗台喊：

"四儿！你又添上了咱家的油？你们青年团真成了穷人团，哪里有赔着灯油做工作的？他妈的，你的威信高，还不是高在这点灯油上！"

四儿没答言，领着九儿出来，他在街上停了停，说：

"六儿晚上卖包子，不知道出来没有。"

今天晚上，六儿没有出来做买卖，代替他那清脆的声音的，是黎大傻那大劈拉嗓子：

"牛肉包子咧！好热的牛肉包子咧！"

四儿问他六儿到哪里去了，他有些不屑于答理地说："谁知道。我又不是他的掌柜的。"

当四儿和九儿转到西街口上，在村边一处大场院里，传来六儿说话的声音。场院的门虚掩着，隐约地看出：院里栽着很多树木，堆着几个柴垛，靠墙边，有一棵大杨树高高矗立着。在杨树下面，六儿和一个女人贴身站立着。

九儿在门口站住了。四儿性急，一推门进去，并且大声喊叫了一声：

"六儿!"

那女的好像从什么东西上撞了回来一样,很快地往旁边一闪。

"你喊叫什么!"六儿压低声音,愤怒地说。

"怎么啦?"四儿并没有调整自己的嗓门儿,"有什么秘密?"

"不许你嚷!"六儿更发急了。

四儿停止了说话。但是,忽然嚓的一声,他划着了一根火柴,把手里的小油灯点了起来,高高举起,向四下里照耀。

"天爷!"六儿跑上去,一口把他的油灯吹灭,说,"到处点你这穷灯干什么!"

"真的有什么见不得光明的勾当,在这里进行着吗?"四儿一边说着,一边大步地绕着杨树行进,冷不防撞在躲在杨树后面的小满儿的身上,两个人吵了起来。

"完了!"六儿一跺脚,大杨树上扑棱棱一响,"鸽子跑了!"

"只是跑了一只。"小满儿停止吵闹,向上观看着,"谁也别说话了!"飞起的那只鸽子,不知是属于什么性别,它是留恋眷属的,在黑暗的天空里绕了一遭,又落到了杨树上。这时六儿才低声告诉他的四哥,杨卯儿那外国种鸽子跑出来了,他正想法上去抓住它。

在黑夜里看来,这杨树一直高到抚摩着群星,而它那树皮,又像女人的肌肤一样光滑。六儿已经脱下鞋袜,在手里唾着口沫,要攀登上去了。

"这样黑天,你要玩命?"四儿说,"我回家叫父亲去!"

"少在这里拿大哥架子吧!"小满儿说,"抓住一只三十万,抓住两只,你学习好,给算算是多少钱?"

"六儿,"九儿忍不住,说,"你不要冒这样的危险吧!"

"好。"小满儿喷着嘴儿说,"心疼你的人儿发言了。"

"你是什么人,"九儿说,"我们从来又不认识,和我犯嘴?"

"我是什么人?"小满儿冷笑着说,"我是和你一模一样的那种人。"

"别吵了。"六儿哀告着,"别再吓跑了我的鸽子,鸽儿,鸽儿。"他很快地就上到了树的老杈那里。

"我们走吧!"四儿对九儿说,"没有办法,摔死了,怨他命里活该。"九儿的心里非常气愤和极度不安,但她还是同四儿走出来了。

"也好像是一对儿哩!"小满儿放长声音说。

"你说什么?"六儿在树上问。

"我说的是鸽子啊!它们在靠南边的那一枝儿上。"

他们听见小满儿站在树下,不停地说着淡话,并指引着六儿的冒险行动。

九

在土地改革时没收的一家地主的宅子里,九儿和这村的青年团员们会面了。很多人原先是认识的,他们热情地问候九儿。四儿点着油灯,把人们招呼进西屋里,西屋原是三间,现在已经打通,青年团和本村的剧团都利用这个地方进行活动。屋子里十分寒冷,窗子都破碎了,顶棚上的花纸一块块带着灰尘蛛网垂下来,门子也缺了一扇。北墙上挂着一块小黑板,黑板前面放着一张破旧油垢的六人桌,地下用土甓和泥,垒成一堵堵的矮墙,也不知道是要人当作桌案还是当作座位。坐在上面,感到十分冰冷,那些女孩子们，穿的衣服很单薄，但是，她们还是安详地坐在上面了。

四儿和一个叫锅灶的青年是教员，他们守着油灯，给团员们讲解怎样向广大农民进行打井造林的宣传，讲完了一节就进行讨论。

夜深了，这屋子里实在比屋子外面还要冷一些。他们还是认真地讨论着。

"同志们，我们一定要把我们的村庄，建设成一个富裕繁荣的村庄。"四儿说，"到那个时候，我们青年团就不会再在这样冷的屋子里开会，我们要盖起一座很好的礼堂来。"

"离题太远了。"锅灶警告他说，"目前是研究怎样克服宣传上遇到的阻碍。"

"依我看，在我们村里，横在我们前进道路上的，有两大障碍。"四儿转回来说，"一是黎七儿的胶皮大车，运输很发财，助长着人们只看眼前，只顾个人的资本主义思想；一是黎大傻家的包子房，男女混杂，减低着人们的生产热情。如果要想宣传得好，就得限制黎七儿出车和取消黎大傻的包子买卖。不然，我们只是空口宣传，他们那里却有实际利益，我们是白费劲儿。"

"我同意你的看法。"锅灶说，"可是，第一，六儿是你兄弟，你应该首先叫他脱离那个坏环境。第二，你家大伯正在打大车，也想要走个人发财的路。这两大障碍，不在别处，就在你们家里，你把克服它们的办法说一说吧。"

"困难就在这里。"四儿真诚地说，"我的父亲根本不听我的话。我问他：'你反对党的号召吗？'他说：'我完全拥护。'我说：'我们今年冬天打一眼井吧？'他说：'现在还不忙。'这就是我遇到的困难。但是，我绝不在困难面前低头。"

"我可以帮助你。"九儿说，"我的看法和你们不大一样，老人也是可以说服的。在老家，我的父亲就很喜欢我把新道理讲给他听。至于六儿，我们也应该帮助他进步。"

"是啊！"坐在她后面的那些姑娘们，半天没人言语，现在像有人指挥着的合唱队一样，一齐喊叫出来。

"帮助六儿进步，这又是一个难题。"锅灶笑着说，"那个叫小满儿的，对他的吸引力，要比团强烈得多。"

姑娘们反对他这种看法。

"不信，你们就去试试，看能不能把六儿从她那边拉过来。"锅灶无可奈何地从台上走下来说。

散会以后，他们歌唱着各自回到自己的家里去，九儿被姐妹们拉去一块儿睡觉。锅灶家里人口多，房屋少，每年冬天是和四儿做伴的，这样便于共同学习，和互相辩论。他们一同回来，四儿喂好牲口，在灶台上捡了几块早饭剩下的凉山芋，和锅灶分吃了，两个人就去钻被窝。

"被窝好凉啊！"锅灶笑着说，"既没有柴烧炕，又没有小媳妇给暖暖，我们太困难了！"

"战胜它吧！"四儿一边吸着冷气，一边说，"要想打光棍儿，就得有这样一种克服困难的精神！"

"你认为我们一定打光棍儿吗？"锅灶说，"据我看，那可不能过早地下结论哩！"

红马在外间屋里吃草，它虽然口齿老了，但那嚼草的声音，还像斩钉截铁一样铿锵。两个青年很快就睡着了，月亮把清水一样的光亮，洒到他们的窗子上来。

112

十

　　这时，六儿和小满儿，还没有离开那所空场院。鸽子，六儿早已抓到。他从树上滑下来，小满儿把他拉到一个大麦秸垛后边，两个人埋在绵软温暖的麦秸里。小满儿掏出红绒绳儿，把两只外国种鸽子的翅膀别起来，欢乐地抚弄着它们。一会儿叫它们亲嘴儿，一会儿又叫它们配对儿。

　　"卖了它，给你买一件棉袄。"六儿对她说，"见面分一半，何况你帮了我不少的忙。"

　　"你和我的交情并不在吃穿上面。"小满儿认真地说，"给那位九儿，买一件吧。"

　　"为什么?"六儿问。

　　"就为她那脸蛋儿长得很黑呀，"小满儿忍着笑说，"真不枉是铁匠的女儿。"

　　"人家生产很好哩，"六儿说，"又是青年团员。"

　　"青年团员又怎样?"小满儿说，"我在娘家，也是青年团员。他们批评我，我就干脆到我姐姐家来住。至于生产好，那是女人的什么法宝?"

　　"什么才是女人的法宝?"六儿问。

　　小满儿笑着把头仰起来。六儿望着她那在月光下显得更加明丽媚人的脸，很快就把答案找了出来。

　　当黎明以前，天空弥漫着浓雾，树枝、草尖和柴垛的檐顶上结满霜雪的时候，六儿和小满儿才决定回家。他们站起身来，各自挥扫着头发和衣服上的草末儿，发现那珍贵的外国种鸽子，有一只压死在小满儿的身下了。那是一只大蓬头的雄鸽，六儿把它托在手里，表示了非常的沉痛。在这一时刻，他愿以任何代价挽回这只鸽子的逝去的生命，但是，它的心脏确实停止跳动了，翅膀下面的部分也发了凉。

回到黎大傻的家，大门和房门都是虚掩着。小满儿和六儿在这样晚的时候同时进来，也没有引起她姐姐的任何惊怪，而黎大傻好像根本就没有听见似的，在自己的被窝里呼呼地鼾睡着。

小满儿告诉姐姐，今天夜里，她同六儿捉鸽子去了，并且说六儿正为一只鸽子被压死难过哩！

"那有什么难过的？"姐姐在被窝里笑着说，"烫一烫，拔了毛剁剁，又省下四两牛肉！这样冷的天，我以为你两个抽空儿去干点正经事儿哩，倒去捉鸟儿玩了？唉！你们快到炕上来，钻进我这被窝里暖和暖和吧。"

她说着，把自己的热被窝让了出来，光着身子爬进黎大傻的被窝里去了。

等到天明，六儿从这一家出来，在门口遇到了鸽子的主人杨卯儿。

杨卯儿个子不高，打扮得很利落，他的脑袋很小很尖，戴一顶毡帽头儿，还显得分量过重。他那脑袋不停地上下颤动着，两只又圆又小的眼睛，非常灵活地转动着：

"六兄弟，起来得早啊！"

"你也早。"六儿垂头丧气地说，"有什么事情吗？"

"来找你。"杨卯儿把两只手插进短袄上的褡包里，"咱弟兄平日交情不错，你把鸽子还给我吧。今年它们下了蛋，孵出第一窠，我就送给你，我这人说话算话。"

六儿没有答言。

"不然,"杨卯儿上前一步,"我近来玩好了一只抓兔子的鹰,现在正是行围射猎的时候,我可以把它送给你。"

六儿还是没有话。

"如果你要钱——其实咱兄弟们不过这个,"杨卯儿的嘴唇抖颤着,脑袋扭向一边,"也可以。你先把鸽子给我,我慢慢去筹划。"

"回头再说吧,"六儿拔腿就要走,"我吃饭去。"

"怎么!"杨卯儿的两眼急得发出蓝光,"你素日为朋好友,对我这样不讲交情?你趁早把鸽子还给我,不然,你就是霸占!"

"什么叫霸占?"六儿站住,回过头来问。

"霸占我的鸽子,还霸占有主的青年妇女。"

"你看见了?"六儿问。

"有人亲眼看见,不然,我们就抖搂出来!"杨卯儿喊叫着说。

"你抖搂出来,又怎样?"黎大傻家的门子一响,小满儿站了出来。她显然是刚刚梳妆打扮好,脸上的粉脂还没有擦匀,她倒背着手在门框上一靠,面对着杨卯儿。"我倒要看看你能抖搂出什么来?你有什么证据吗,你抓住了男的,还是抓住了女的?你说呀!别他妈的大清早起在这里满嘴喷粪了,小心我过去拿大耳光子拍你!"

十一

杨卯儿原先也是一个卖针头线脑儿的货郎小贩。过去,每年腊月,他到保定府贩些女人年节用的物品,过铁路到山地里去卖。

关于他在西山做买卖，很有一些奇异的传说。这些传说，都带有很大的浪漫性质。但是，多年来他并没有发财，现在，在他身边遗留下的，只有那时用过的一把沙胎蓝釉小水壶。

前几天，县里介绍了一位从省里来的干部到村里来。这位干部，从各方面看，都像一个高级干部。在解决住房问题的时候，却使得村干部们觉得他有些古怪和不近人情。按照习惯，像这样的干部，应该住在村干部或是积极分子的家里，那样在相互接近和负责保卫上，都会便利一些。但是，这位干部提出要住在一个普通的人家，并且说除去先进的方面，他还要看看村里落后的部分，这就使得村里的负责同志有些踌躇，以为他负有什么特殊的使命，前来私访。而那位惯出古董主意的副村长，竟顺水推舟，把他领到杨卯儿的家里来了。

杨卯儿是个光棍儿，最初，对来客很表示欢迎，在炕上腾出一段地方，虽然那一段地方是属于炕的寒带。这位干部身体弱，在屋里又生起了一个小煤火炉。

"杨同志，火闲着也是闲着，能不能借把铁壶来，弄点开水喝呀？"干部说。

"不用去借，咱家里就有。"杨卯儿说着就从桌子底下的横板上，取出他那把水壶，到瓮里注上水，坐在炉口上。

"这是把磁壶呀，能坐水吗？"干部问。

"这壶好就好在这里。"杨卯儿说，"磁面沙胎，在火上坐水，就像沙吊儿一样，又快又不漏。"

但是炉口马上被水阴湿，一个劲儿嘶嘶地响。最初干部以为刚从瓮里提出，是带来的水。后来提起一看，壶底裂了好几道缝，这缝被火一烤，裂得更宽了，不但水喝不成，而且有火灭的危险。

干部说：

"不行啊，杨同志，壶实在漏了，不能用。"

"不漏！"杨卯儿睁大一双小圆眼睛说，"我说不漏就不漏。"

"那不是明明在漏吗？"干部说。

"在我这屋里，你住着不合适。你搬到别人家去吧。"杨卯儿二话不说，就宣布了逐客令，这真使得干部大惑不解了。

干部指给杨卯儿看：一大滴一大滴的水，从壶底漏下来，漏到火里，嘶，嘶，嘶嘶！

杨卯儿连头也不转过来。

干部只好卷起铺盖，找带他来的副村长去，把事情发生经过讲了一遍，副村长笑着说：

"同志，你要看村里的落后部分，我不知道杨卯儿，能不能算是一个典型？关于他的出身历史，我还可以向你介绍一些比较详细的材料。我年轻的时候，和杨卯儿搭伴儿做小买卖。像你看到的，和这样一个人做伙计，是最困难不过的了。他抬硬杠，一根筋，死赖账，翻脸不认人。但是他对西山的地理很熟，哪一条道儿也摸得清，我就忍着气和他做伴。每年，他都是吃净赔光才肯回来的。他赔光，不是好吃懒做，也不是为非作歹，只是为了那么一股感情上的劲儿。他进了山，就像打猎的进了林一样，专门要找好看的女人。至于什么女人叫丑叫俊，那全看对不对他的眼光。这个人，凡是他的东西，都是好的，别人不能批评。他喜欢的，死小鸡子也是凤凰。每年他总会遇到一个美人儿。一旦发现了这个美人儿，他就哪里也不再去，只到这个庄儿上来。不管刮风下雨，只坐在这家门口儿上去卖货。你想，一个小庄儿上，能销多少货物？坐吃山空，他就这样赔光了老本儿。一年冬天，他又发现了美人儿。这家人住在一个高山坡上，那女人我也见到一次背影儿，倒是长得不错，穿一身干净蓝衣服，头发梳得光光的，在后面盘成一朵圆花。杨卯儿被她迷住了，一直到腊月二十几，我要回家了，他还是每天到那庄儿上去，在人家门口，一坐就是一整天，饥了就吃些干粮，提起他那把小壶，喝些冷水。他一个劲儿地摇动他那小鼓，小鼓两边的皮都打穿了，人家那女的再也不出来。有一天，他实在忍不住，跑到院里去摇，正遇上人家男人从山上回来，扯起扁担把他赶出来，把他的货箱、水壶踢到山坡下面。他是从山上滚下来的，头破血流，摔晕了过去。我赶到那里，把他救活过来，替他拾掇好东西。看了看，别的东西损失不大，就是小水壶裂了缝。我说：杨卯儿你的壶破了。他当时就很不高兴地说：没破，顶多是有点儿惊纹儿。我说：对，是惊纹儿，就像你这脑袋上的裂口一样！同志，杨卯儿的性格就是这样。他直到现在，还在想念那个女人，说那女人对他是有心思的，只是那男的不愿意。你不要见怪，我们另找房子搬家吧！这村里还有一处落后的地方……"

杨卯儿一生，还从来没有看见过长得这样好看的女人，他立刻被小满儿那红白焕发的容光惊呆了。他的两只脚，像冬天雪地上的麻雀一样向前跃动着，上身不动，小脑袋直伸向前。他现在的形象，和他的名称相反，正像在木匠的斧头锤击下，亢奋地塞进木脐眼儿里去的尖锐的木楔一样。他上下反复地打量着小满儿的全身，他倾听着她的斥责，就像知罪的宗教徒接受天谴一般。

但是，对他说来像乐曲一样的声音，突然停止，小满儿一摔门子进去了。

118

十二

黎老东的大车的铁匠工序，正式开始了。铁匠炉安设在新买来的宅院里。早晨，天晴得很好，六儿的鸽群在天空飞翔着。

黎老东最后修整着车的上装，在他心里，只等铁匠完工，就可以开始油漆了。傅老刚把铁匠炉点着，一股浓烟翻转着升向天空，然后折下来在庭院里散开。九儿拉着风箱，四儿被派练习抡大锤。

黎老东把几年来积累的烂铁和新买来的铁料，搬到炉下来。

九儿今天穿得很单薄，上身只穿了一件蓝色夹袄，她把擦脸的毛巾绺起来，齐着脑门把头发捆住，就像绣像上孙悟空戴的戒箍一样。她的脸色是更显得明朗了，充满了工作之前的热情和虔诚，轻捷而又稳重地推动着风箱。

傅老刚炼好第一块铁，用大铁钳夹着放在铁砧上，四儿赶过去抡起大锤。傅老刚用小锤敲点着砧子边教导着他，他还是不能用最适当的力量打在最适当的地方，有时把锤空落在砧子上，有时竟打在傅老刚的小锤上。九儿放下风箱把，来打给他看，在她的热心的示范和帮助下，四儿抡锤的技术，开始进步了。

黎老东在一边做着木匠活，注意力主要放在这边来了。他不断地斥责着四儿，说他笨，没有出息，唠叨不休。傅老刚在休息的时候，走到黎老东的身边说：

"亲家，我看你的脾气变坏了，对孩子们不能这样。这样不能使他工作得好，反会使他工作得更坏。他工作着，你一个劲儿斥责他，他的脚手就不知道往哪里放了。"

"你怎么说这样的话，你不是说管孩子应该严格些吗?"黎老东说，"打制这辆车是我心上的大事，早打成一天，好早一天用它去赚钱。亲家，让我们老兄弟把最好的手艺都施展出来吧!"

建立友情，像培植花树一样艰难。花树可以因为偶然的疏忽而枯萎。在黎老东和傅老刚这一次合作里，两个人心里都渐渐觉得和过去有些不一样。过去，两个人共同给人家做工，那是兄弟般的、手足般的关系。这一次，傅老刚越来越觉得黎老东不是同自己合作，而是在监督着。赶工赶得过紧，简直连抽袋烟，黎老东都在一旁表示着不满意。最使他闷气的是，自己远道赶来，黎老东却再也不说九儿和六儿的事，好像他从前没提过似的。

最后几天，黎老东只是穿着大皮袄，在院里察看着，指点着；六儿也打扮得像个客人似的，有时来在院里转悠一下，就不见了。傅老刚身体有些不舒服，在这样冷的天气里，他穿着一件破旧的小衫，还是辛勤地工作着。天天，有些参观的人，来到院里，这些人都是傅老刚的旧相识，老朋友。过去，他们来是同时观赏黎老东和傅老刚的手艺的；今天，在这些人的眼里，傅老刚的手艺，和黎老东的家业，被分别了出来。人们不再注意黎老东的木匠手艺，在新的形势下面，只在关心他的发家致富的前途。

两个老朋友，显然已经站在不同的地位上。黎老东完全觉到了这一点，傅老刚很快也完全觉到了，这就是我们的悲剧产生的根源。傅老刚感到，过去多年来，他和黎老东共同厌恶、共同嘲笑过的那种"主人"态度，现在是由他的老朋友不加掩饰地施展起来了，而对象就是自己。这当然不是新的社会制度的过错，而是传统习惯的过错。

当铁工也接近完成，一次吃饭的时候，黎老东忽然笑着说:

"亲家，我过日子越来越细了，你不要笑话我，我要积些钱给六儿他们把房子盖好。我想，你是不争这些的。"傅老刚以为他要提说九儿和六儿的事了，抬起头来听着，谁知道下文却是这么一句："这些日子，就当你们是在老家度荒年吧！"

最后一句话，十分激怒了傅老刚，他把饭碗一推，立起身来，说：

"亲家，我不是到你这里来逃荒呀！"

他叫出女儿来，提起水桶，泼灭了炉灶。他打整好小车，推到了街上来。很多人来劝说，老头儿说什么也不回去。

两位老朋友的决裂，村里人都说不出那真正的道理。在四儿和九儿那经历较少的身世里，也还没有体验过这样伤心的事情。傅老刚是感到十分痛苦的，他把四儿叫到一边说：

"孩子，你看，这到底是怨谁呢？"

"这样正好。"四儿说，"你给我们解决了难题。"

"什么难题？"傅老刚问，"你这小子倒要看我们两个老头子的哈哈笑吗？"

"我们青年要组织一个钻井队。"四儿说，"在今年冬天，把我们村里能利用的水井都钻好下管。我们已经借到一杆锥。很多工具需要修理，我们想请你帮忙，又怕我爹不让。这样一闹，你就可以去帮助我们了。"

"你们有钢有铁？"傅老刚问。

"我们每人捐献一些，就够用了。"四儿说，"我们把小车，拉到青年团办公的大院里去吧。"

到了那里，青年们对老人说：

"大伯，我们是多么需要你啊！你再不要回山东老家。我们和村干部商量好了，把这院里的东屋给你拾掇出来，把窗子糊好。你就在这里常住吧，晚上我们抱柴来给你烧炕。"

十三

黎老东一个人呆呆地坐在院里一截木头上。当傅老刚决绝地推车出门的时候，他心里也曾经想：这样的交情，断绝了也好。你晒不了我黎老东的干儿，剩下的活，我会找别人来帮助，天下又不是只有一个铁匠。他拿起斧头来，气愤地锤击着车尾板上的大钉。但是，当他渐渐平静下来，听到只有他的斧头声音，在空旷的院落里回响，失去了亲切的钢铁的伴奏的时候，他忽然不能工作了，把斧头放在一边，坐了下来。他想，同傅老刚的交情，不是一年二年建立起来的，而且经过多次患难的考验。他用手抚摸着左边这一只脚。有一年，他同傅老刚给一家做活，他心情不好，一时失手，这只脚被锛砍伤了。那时离家在外，举目无亲，手里没有多少钱。在自己养伤的几个月的时间里，是傅老刚请医生，花药钱，背出背进，给水给饭。当然，这也报答过他了。同一年热天，傅老刚被热铁烫伤，自己曾经服侍了他。

他难过的是，究竟为了什么，傅老刚这样决绝？"是他看我过得好些了，心里嫉恨？"但想来想去，傅老刚从来也不是这样的人。"是我变得嫌贫爱富，慢待了多年的朋友？"他回忆着在这一段日子里，自己的言谈举动，他的痛苦就被惭愧的心情搅扰，变得更加沉重了。

这时六儿走了进来。黎老东抬头望着自己的儿子，在儿子的身上脸上，只能看见一层不成材的灰败的气象。他一时想到：自己这两年，一心要打车，要盖房，得罪亲友，都为的是他！而这个孩子，只知道自己玩乐，从来也没有想想当父亲的心情。

"做熟饭了，爹？"六儿站在窗台下太阳地里，懒洋洋地问。

"做熟了，就等你了！"老头儿跳了起来，抢着斧子赶过去。

六儿眼快，回头就跑。他刚才在街上又和杨卯儿争吵了一次，杨卯儿知道了那只雄鸽的死亡，要找黎老东来说理。六儿在门口碰上他，向他作个揖说：

"卯儿哥，咱们的事儿别闹了。你快去劝劝我爹，他要打死我哩。"杨卯儿生来经不住别人半点奉承，一句好话。仓促之间，他把这个委托应承下来，他快步向前，在梢门洞里，举起胳膊拦住了黎老东：

"看在侄儿面上。"杨卯儿说，"回家去，有话慢慢说。"

他把黎老东推进院里，给他找了一个坐物，又递给他一支香烟，自己蹲在一边，慢慢劝说着：

"快把车装制起来，别错过这个冬季，正是赚好钱的时候啊！你看见黎七儿了，一趟定州就是几十万，除去人吃马喂，三趟就可以盖座大砖房。老东叔，西村有座砖房要卖，价钱公道，你倒是有意思没有？"

"没有意思。"黎老东说，"我的心凉了。"

"谁家的老人也是这样，"杨卯儿说，"最恨小人儿不争气。我爹活着时，你们交情好，是知道的，管我管得多么紧？在我身上费了多大力？我当然不能说给他老人家挣来了多少光荣，平心而论，一辈子也没有给他老人家丢过什么脸面呀！咱是个正直人，从小儿走南闯北，打抱不平，为朋友两肋插刀，花钱从不分你我。到老来没落下什么，不是我不能干，是命里穷苦。六儿兄弟，我看不错，为人聪明懂事，就是荒唐点儿，这也是年轻人必经之路，你快把车打整起来，交给他，一有正经事儿，他也就不胡跑了，你说是不是？"

黎老东的气渐渐消了，杨卯儿又把他引到原来的思路上。这时四儿回来了，他一声不言语，到屋里给牲口筛了两底儿草，手里提着一件什么东西，叫棉袍掩盖着，躲躲闪闪地又要出去。

"你手里提的什么？"黎老东问。

"一把破铁锹。"四儿只好站住，把东西亮出来。

"哪里来的这个？我这些日子到处找烂铁，你怎么不言语？"黎老东又挂了火。

"这是那年拆日本炮楼，我捡来的，因为没有用，就扔在一边了。"四儿说，"现在上级号召打井，我想去修理修理它。"

"他妈的，整个儿的六国反叛！"黎老东说着站起来，"从哪里拿的，还给我放回哪里去。上级号召打井，我号召打车！人家不给我干了，你快去做饭，吃饱了帮我上钉子！"

杨卯儿又赶过来劝解，四儿只好先去抱柴做饭，再慢慢想法把铁锹运出去。

十四

九儿所想的，吸收六儿参加学习或是参加工作，都是很困难的事。他轻易不接近这些集会和活动。干部去找他，他会说现在是生产第一，装模作样地背上一副柴火筐，溜溜达达到地里去了。干部们也曾讨论先从改造小满儿入手。接近小满儿是容易的，但男青年们不愿意去，有的是胆怯，有的是避嫌疑。当然，女同志们也可以和她去谈。女同志去了，小满儿总是热情地招待着，如果抱着小孩，她总得给孩子弄些好吃的东西来，并且要接到怀里，不停地在孩子的脸上亲亲吻吻。任何认生或是任性的孩子，到了小满儿的怀里，也会高兴起来的，孩子的脸也会叫她的充满青春热情的面孔，陪衬得更为出色。她会说，说笑起来，嘴上像撩上油儿似的。在这种场合，女同志们都是有些喜欢她，在批评上，那口气就自然软和多了。

"小满儿，拿着你这样聪明伶俐的人儿，好好学习学习吧，晚上，我来叫你，我们一块到民校听课去。"女同志热心地说服着。

"那很好，"小满儿笑着说，"我盼不能得儿去学习呢。不用大姐来叫，黑灯瞎火，道路又不好走，你抱着个孩子，跌倒怎么办？我自己去吧，这个村子，街道都叫我磨平了，谁家我不认识呀！"

"你可一定去！"女同志又叮咛一句。

"一定。"小满儿把她送到门口，又和孩子招手要笑着。等到女同志一拐弯儿，她把脸一沉，想了想，到家里换上件衣服，就进城回娘家去。如果村里有什么运动，连续开会，她会几天几夜不露面儿。有时，她也到民校晃晃。她总是坐在灯光不亮的地方，在讲课刚开始，人们安静不下来的时候，她装作安静地听讲。当人们渐渐入神的时候，她就偷偷溜出来了。

无论在娘家或是在姐姐家，她好一个人绕到村外去。夜晚，对于她，像对于那些喜欢在夜晚出来活动的飞禽走兽一样。炎夏的夜晚，她像萤火虫儿一样四处飘荡着，难以抑止那时时腾起的幻想和冲动。她拖着沉醉的身子在村庄的围墙外面、在离村很远的沙岗上的丛林里徘徊着。在夜里，她的胆子变得很大，常常有到沙岗上来觅食的狐狸，在她身边跑过，常常有小虫子扑到她的脸上，爬到她的身上，她还是很喜欢地坐在那里，叫凉风吹抚着，叫身子下面的热沙熨帖着。在冬天，狂暴的风，鼓舞着她的奔流的感情，雪片飘落在她的脸上，就像是飘落在烧热烧红的铁片上。

每天，她在夜深人静的时候，才回到家里去。她熟练敏捷地绕过围墙，跳过篱笆，使门窗没有一点儿响动，不惊动家里任何人，回到自己炕上。天明了，她很早就起来，精神饱满地去抱柴做饭，不误工作。她的青春是无限的，抛费着这样宝贵的年华，她在危险的崖岸上回荡着。

而且，她的才能是多方面的，谁都相信，如果是种植在适当的土壤里，她可以结下丰盛的果实。不管多么复杂的花布，多么新鲜的鞋样，她从来一看就会，织做起来又快又好。她的聪明，像春天的薄冰，薄薄的窗纸，一指点就透。高兴的时候，她到菜园里生产，浇起园来，可以和最壮实的小伙子竞赛，一个早晨把井水浇干。她可以担八十斤的豆角儿走出十里去上市。在这个时候，连村里一些老年人，都称赞她，希望有一种力量，能把她引纳到人生的正轨上来。今年，村里宣传婚姻法的时候，这女孩子忽然积极起来。她自动地到会，请人读报给她听，正正经经地沉默着，思想着。在那些文件上说明：女人和男人是平等的，她们已经做了很多工作，将来还会对国家有更大更多的贡献。但后来听到有些人，想把问题引到检查村里的男女关系，她就退了出来，恢复了自己的放荡的生活方式。因此，副村长向青年们提议，把那位高级干部带到黎大傻的家里。

这一天，她的母亲来了。这是一位到了五十多岁年纪还在热心打扮的女人。可以看出在探看女儿的这次行动上，她曾经在头面上做了很细致的准备。她见到小满儿，就说：

"满儿，你男人快回来了，你婆婆找到咱家去，眼下就过年，你该到人家那里去住些时候了。"

"我不去。"小满儿说，"婚姻是你和姐姐包办的，你们应该包办到底，男人既然要回来，你们就快拾掇拾掇上车走吧。"

"你他妈的说的这是什么话？"母亲说，"你在这村里疯跑，人家有闲话哩！"

"既是闲话，"小满儿坐在炕沿上低着头整理着鞋袜说，"我管它干什么？叫他们吃了饭没事，瞎嚼去吧！"

"名声不好听哩，"母亲拍着巴掌，"我的小祖宗。"

"名声不好听，"小满儿跳下炕来对着镜子梳理着头发，直眉立眼地说，"也不是从我开始，是你们留给我的好榜样呀！"

她这样和母亲冲突，使得姐姐也不高兴了，姐姐说：

"小满儿，你不要胡说八道，谁给你留下的榜样？你够得上当我的徒弟吗？看你和小六儿，恋了一冬天，连条新棉裤也穿不上，还有脸犟嘴哩！"

"你先去挣一条来给我穿吧！"小满儿打整好，一摔门帘出去了。

她一个人走到她姐姐家的菜园子里，这个菜园子紧靠村西的大沙岗，因为黎大傻一家人懒惰，年久失修，那沙岗已经侵占了菜园的一半，园子里有一棵小桃树，也叫流沙压得弯弯地倒在地上。小满儿用手刨了刨沙土，叫小桃树直起腰来，然后找了些干草，把树身包裹起来。她在沙岗的避风处坐了下来，有一只大公鸡在沙岗上高声啼叫，干枯的白杨叶子，落到她的怀里。她忽然觉得很难过，一个人掩着脸，啼哭起来。在这一时刻，她了解自己，可怜自己，也痛恨自己。她明白自己的身世：她是没有亲人的，她是要自己走路的。过去的路，是走错了吧？她开始回味着人们对她的批评和劝告。

十五

她看见姐姐送着母亲走出村来，她才绕道儿回到家里去；到家里，看见黎大傻正帮着一个干部收拾屋子，小满儿惊奇了，她知道姐姐家因为落后、肮脏和名声不好，是从来没住过干部的。他们收拾的是东房的里间，这间屋里堆着一些乱七八糟的东西，外间，喂着一匹很小的毛驴。

她看见姐夫在这位干部面前，表现了很大的敬畏和不安，他好像不明白为什么村干部忽然领了这样一位上级来在他的家里下榻。他不断向干部请示，手足不知所措地搬运着东西。

小满儿看来，这位干部的穿着和举止，都和他要住的这间屋子不相称。从他的服装看来，至少是从保定下来的。他对清洁卫生要求很严格，自己弯腰搜索着扫除那万年没人动过的地方。小满儿不知道为什么忽然愿意帮帮他的忙，她用自己的花洗脸盆打来水，用手在那尘土飞扬的地上泼洒。

"你是这家的什么人？"那位干部直起身来问。

"她是我的小姨子。"黎大傻站在一边有些得意又有些害怕地说。

"啊，你就是满儿同志。"干部注视着她说，"村干部刚才向我介绍过。"

"他们怎样介绍我？"小满儿低头扫着地问。

"简单的介绍，还不能全面地说明一个人。"干部说，"我住在这里，我们就成了一家人，慢慢会互相了解的。"

干部在炕上铺好行李，小满儿抱来茅柴，把锅台扫净，把锅刷好，然后添上水，说：

"这屋里长年不住人，很冷。我给你烧烧炕吧。"

"我来烧。"黎大傻站在她身边说。

小满儿没有理他。她把水烧热了，舀在洗脸盆里，又到北屋里取来自己的胰子，送进里间：

"洗脸，你自己带着毛巾吧？"

晚上，干部出去开会，回来已经夜深了，进屋看见，小小的擦抹得很干净的炕桌上面，放着灌得满满的一个热水瓶；一盏洋油灯，罩子擦得很亮，捻小了灯头。摸了摸炕，也很暖和。

他听见北屋的房门在响。黎大傻的老婆，掩着怀走进屋来。她说：

"同志，以后出去开会，要早些回来才好。我们家的门子向来严紧，给你留着门儿，我不敢放心睡觉。"

说完，就用力带上门子走了。

干部利用小桌和油灯，在本子上记了些什么。他正要安排着睡觉，小满儿没有一点儿响动地来到屋里。她头上箍着一块新花毛巾，一朵大牡丹花正罩在她的前额上。在灯光下，她的脸色有些苍白，她好像很疲乏，靠着隔扇墙坐在炕沿上，笑着说：

"同志，倒给我一碗水。"

"这样晚，你还没有睡？"干部倒了一碗水递过去说。

"没有。"小满儿笑着说，"我想问问你，你是做什么工作的？是领导生产的吗？"

"我是来了解人的。"干部说。

"这很新鲜。"小满儿笑着说，"领导生产的干部，到村里来，整年价像走马灯一样。他们要看谷子和麦子的产量，你要看些什么呢？"

干部笑了笑没有讲话。他望着这位青年女人，在这样夜深人静，男女相处，普通人会引为重大嫌疑的时候，她的脸上的表情是纯洁的，眼睛是天真的，在她的身上看不出一点儿邪恶。他想：了解一个人是困难的，至少现在，他就不能完全猜出这位女人的心情。

"喝完水去睡觉吧！"他说，"你姐姐还在等你哩。"

"他们早吹灯睡了。"小满儿说，"我很累，你这炕头儿上暖和，我要多坐一会儿。"

干部拿起一张报纸，在灯下阅读着。他不知道，这位女人是像村里人所说的那样，随随便便，不顾羞耻，用一种手段在他面前讨好，避免批评呢，还是出于幼年好奇和乐于帮助别人的无私的心。

"你来了解人，"小满儿托着水碗说，"怎么不到那些积极分子和模范们的家里，反倒来在这样一个混乱地方？"

"怎样混乱？"干部问。

"你住在这里，就像在粮堆草垛旁边安上了一只夹子，那些鸟儿们都飞开，不敢到这里来吃食儿了。"小满儿说，"平日这里可没有这样安静。平日，每到晚上，我姐姐的屋里，是挤倒屋子压塌炕的。"

"这样说，是我妨碍了你们的生活。"干部说，"明天我搬家吧。"

"随便。"小满儿说，"我不是杨卯儿，并没有攥你的意思。我是说，你了解人不能像看画儿一样，只是坐在这里。短时间也是不行的。有些人，他们可以装扮起来，可以在你的面前说得很好听；有些人，他就什么也可以不讲，听候你来主观的判断。"

她先是声音颤抖着，忍着眼泪，终于抽咽着，哭了起来，泪珠接连落在她的袄襟上。

干部惊异地放下报纸。但是小满儿再也没讲什么，扯下毛巾擦干了眼泪，稳重地放下水碗，转身走了。

整个夜里，黎大傻并不来给小毛驴添草，小毛驴饿了，号叫着，踢着墙角，龈着槽帮。耗子们因为屋里暖和了还是因为添了新的客人，也活动起来，在箱子上，桌面上，炕头和窗台上吱叫着游行。

干部长久失眠。醒来的时候，天还很早，小满儿跑了进来。她好像正在洗脸，只穿一件红毛线衣，挽着领子和袖口，脸上脖子上都带着水珠，她俯着身子在干部头边翻腾着，她的胸部时时摩贴在干部的脸上，一阵阵发散着温暖的香气。然后抓起她那胰子盒儿跑出去了。

十六

铁匠炉在新的场所升起来。

"这回，我要当掌作的。"九儿对青年们说，"我们是青年钻井队么！"

"拥护你。"青年们说，"我们轮流抢大锤，拉风箱，叫大伯站在一边指点着就行。"

青年们捐献来的钢铁是零碎的、破旧的，它们曾经多年埋没在角落里、泥土里，现在要经过锻炼，铸接在一起，形成一杆尖利的，能钻探地下，引出泉水来的铁钻钢锥。在青年们看来，这就像要把他们各人的高涨的热情，铸炼成一股共同建设国家的力量一样。

九儿的脸，被炉火烘照着，手里的小锤，叮当地响在铁砧上。这声音，听来是熟悉的。因为，她已经不是初次接触这种沉重的劳动了。在她的幼年，她就曾经帮助父亲，为无数的战士们的马匹，打制过铁掌和嚼环。现在，当这清脆的锤声，又在她的耳边响起的时候，她可以联想：在她的童年，在战争的岁月里，在平原纵横的道路上，响起的大队战马的铿锵的蹄声里，也曾经包含着一个少女最初向国家献出的，金石一般的忠贞的心意！

当然，她可以想到更早一些的日子，她可以用今天的工作来纪念她那贫苦终身、中年丧命的母亲。当母亲生下她来，把她放在炉边的一条小炕上，她就昼夜听到这种劳动的声响了，母亲站在风箱前面，给她哼着催眠歌曲。或者说，当她还同母亲是一个躯体的时候，母亲就带着她从事这种沉重的工作了。

现在，热汗在严寒的早晨，透过了她单薄的衣服。这种同自己的伙伴们在一起，按照集体讨论的计划来工作，对她来说，还是第一次。这些青年伙伴们，在工作面前是争着做，抢着做的，是互相关怀和协同动作的。因此，九儿感到特别振奋和新鲜。据她看来，父亲也是振奋的，在他那漫长的劳苦和跋涉的一生里，现在的工作场景是做梦也不曾梦见过的啊！

当青年们在田野里工作的时候，平原上已经降过了初雪。中午，雪在附近的沙岗上闪烁着，慢慢融化着。在普遍秋耕过的土地上，泛起一层潮湿的松土。但是天气已经大冷了，大地在早上和晚上都要封冻。

青年钻井队的高大的滑车，在平原上接二连三地树立起来了。它们给漠漠的平原，添上了一种新的使人向往并能诱发幻想的景色。它们使人想起飘扬的旗帜，使人想起外国故事里的风车，使人想起车站的水塔，矿山的竖井，都市里高大建筑的木架。青年人为开发水源，勤奋地工作着，他们的歌声和空中的滑车一同旋转飞扬着。

四儿、锅灶和九儿是一个小组，他们带来些干粮、小米，中午从坟地里砍些蒿草，捡些树枝，在井边烧起饭来。

"你是知道的，"四儿对九儿说，"我们这里是平原，可是村子的三面，都叫沙岗包围起来了。西边这条沙岗，从山地流过来，它的流沙比河水泛滥还厉害。每到春天，整天刮着遮天盖地的黄风，黄沙会滚滚地跳过墙头篱笆，灌到地里来，灌到菜园子里来。黄沙盖住刚出土的蒜苗、韭菜芽，封住麦垄，埋住小树。每年春季，大风过后，我们就不得不到地里去用笤帚扫，甚至伏在地下用口吹，使得那被沙子压得发弯发白的嫩芽儿，重见天日。大风把沙子灌进街里，使人像在河滩走路，一陷多深。沙子灌进房门，打破窗户，妇女们每天要从屋里打扫出几簸箕土来。这就是我们的自然环境。上级号召打井栽树，是最适合我们这一带的情况不过了。"

"我们那里是山地，"九儿说，"也是荒旱连年。从我记事起，每年春天，干热的风沙就从西北山谷里吹过来，拼命吹打我们的小屋。我们门前有一条小河，冬天，水还在冰下哗哗地叫，到春天就干得没有了。我们那里，到春天靠糠皮树叶过日子。"

他们交谈着，向往着，如果能从他们这一代，改变了自然环境，改变了人们长久走过的苦难的路程，使庄稼丰收，树木成林，泉水涌注，水渠纵横，那对于他们是太幸福了。

这时，在南面沙岗上出现了一幅和他们的谈话非常不相称的景象。六儿右胳膊上架着一只秃鹰，第一个走上沙岗来。随后而来的是黎大傻和他的老婆，夫妇两个每人手里提着一只死兔子，像侍卫一样，一左一右，站在了六儿的身旁，向远处张望着指点着。而在沙岗背后，像隐约的桃枝一样，出现了小满儿的光耀的头面。

"老四，你弟弟越发的不简单，玩起鹰来了。"锅灶说。

"这些人的事，咱弄不清。"四儿说，"和杨卯儿为鸽子吵了架，仇大得不得了。经黎七儿把三个人拉到城里吃了一顿饭，两个人又成了好朋友，把鹰借给六儿了。"

"怎么是三个人呢?"锅灶问。

"小满儿也去了。"四儿说，"那是他们的主心骨，组织中心，行动的指南。离了她是不行的。我还听到一个故事，杨卯儿现在成了黎大傻包子房的老主顾，每天晚上都要吃饱的。黎大傻的老婆对他说:卯哥儿，你只吃得好、穿得好，还不能算是完全翻了身，我要给你介绍一个对象，可是你得请请我。这样，杨卯儿就在城里请了她一次。"

"你能把他叫过来帮我们钻井吗?"锅灶撺掇着。

四儿正在犹豫的时候，那一队人马，早已经从沙岗上退回，折向相反方向，望不见了。

人们惯于把偶然的见闻当作笑谈，并不注意，在当事人的心里，正像千斤石一样沉重。九儿坐在那里，望着空漠的沙岗出神。

她继续回忆着幼年时的家乡的影子，在母亲去世以后，她常常一个人坐在小窗的前面。窗外有一棵枣树，因为避风向阳，常常有些小鸟儿在枝头来聚会。鸟儿们玩起来，显得非常亲密。那站在一起，叽叽喳喳的也许就是最亲密的吧，不久，有一只跳到了别的枝头。遇到一阵风，它们竟各自飞散了。门前还有一片小小的苇塘，河水小的时候，那些小鱼儿们聚在一起，环绕着一枝水草，到了夏天河水涨满，谁也不知道它们各自的前程如何！

这些回忆是使人难堪的，容易疲倦的。她站立起来说：

"吃饱喝足了，我们开始工作吧，我来蹬一会儿滑车。"

"小心掉在井里呀！"锅灶笑着说，"你们猜我在想什么？我想六儿的包子不能吃了，净是兔子肉！"

九儿上到滑车上，用力攀登着，像一个勤奋的小昆虫在清晨和黄昏的时候工作。滑车滚动着，四儿从井底望着她，一时感到这是一个奇异的动人的少女图像。

她的工作越来越熟练从容，太阳从她的前方，慢慢向西移动。她可以看得很远，可以看到县城南关药王庙前面的两枝高矗的旗杆。可以望见旷野里送粪的，捡柴的，放牧牛羊的和整理园地的人。她看见六儿正和小满儿在田野里追逐，听到黎大傻和他老婆的喊叫声音。

在下面工作的锅灶和四儿，也在谈论这件事。

"老四，你的理论高，你给我解释，我们在这里受累受冷地工作，你的老弟在那里带着女人玩耍。在人生这条道路上，是我们走对了哩，还是他们走对了？"锅灶冲着井底喊叫着。

"你提出的这个问题很重要，这是个人生观的问题。"从井里冒出四儿的声音，"你羡慕他们的生活吗？"

"有时候觉得他们讨厌，有时候，也有点儿羡慕。"锅灶说。

"在他们看来，一定是他们走对了。但是，我一点儿也不羡慕他们。"四儿说，"他们这样生活，有时候，自己也会感到羞耻的，不然，为什么望见我们就躲开了呢？"

"可是，还有一个老问题，他为什么一直不能改变过来呢？"锅灶说。

"这两天，我又把这个问题想了一下，"四儿说，"只凭我们几个人的力量去改造人，是不容易收到效果的。人怎样才能觉悟呢，学习是重要的，个人经历也是重要的，但更重要的是社会的影响。我有这样一个比方，六儿的心，就像我们正在改造的旱地。我们工作得好，可以在这块地上开发出水泉，使它有收成，甚至变成丰产地；可是，四处的黄风流沙，也还可以把它封闭，把它埋没，使它永远荒废，寸草不长。我们要在社会上，加强积极的影响。这就是扩大水浇地，缩小旱地；开发水源，一直到消灭风沙。"

"是的，这是可能的。"九儿在滑车上想，她攀登着，一斗子一斗子的淤沙积泥，从井底提上来，她望望井底，新的清澈的水，开始翻冒出来。但是爱情呢？她严肃地思考：它的结合，和童年的伴侣，并不一样。只有在共同的革命目标上，在长期协同的辛勤工作里结合起来的爱情，才能经受得起人生历程的万水千山的考验，才能真正巩固和永久吧。当然，爱情，可以在庄严的工作里形成，也可以在童年式的嬉笑里形成。那分别就像有的花可以开在风平浪静的水面上，有的花却可以开在山顶的岩石上，它深深地坚韧地扎根在土壤里，忍耐得过干旱，并经受得起风雨。

十七

那位干部当然不是专为了解人们的生活，才跑到乡下来的。他也抱着一种多年工作积累的热情，愿意帮助一个人。他希望小满儿能在他帮助下，有所改变。他并且想到，只有在学习和工作里，小满儿才能改变。这当然是很困难的，因为他明白，他还没有真正了解她。

这天晚上，就是当小满儿行围射猎胜利归来的时候，干部站在院里。黎大傻家是个破大院，西北角破围墙下面，有一个荒废的白菜窖，旁边有一棵半死的老榆树，这棵树长得十分丑陋，它的头顶干枯，树身破裂歪斜，一枝早可以拉下来做柴烧的大横干，垂到邻舍的院里，成了邻家的鸡窠，有几只鸡已经飞到上面，准备过夜了。

小满儿回到家来，一点儿也没有带着在野地里奔跑、狂欢、疲累的痕迹。她是在姐姐和姐夫回家以后才回来的，姐夫和姐姐，一人提回来一只死兔子，两个人浑身是土，疲累不堪，而小满儿好像在进门之前就做了准备，她的身上整齐干净，头发也梳理过了，她用那惯常的轻捷悠闲的步伐，走过干部的面前。

"满儿同志。"干部叫住她，"你吃过饭有事情吗？"

"没事，我是个大贤（闲）人。"小满儿笑着说，"干什么吧？"

"今天晚上，青年团员们学习，你也去听听吧。"

"人家叫我听吗？"小满儿狡猾地笑着，"我这个落后分子儿！"

"当然可以听，你先做饭，回头我们一块儿去。"干部说。

小满儿点点头，没有说什么。但是干部可以从她扭转过去的脸上看出，她是如何的不高兴。她抱柴做饭，坐在灶前烧火，不住地用眼角溜撒着，干部一直站在门口。

"同志，你不出去吃饭吗?"小满儿说。

"你多添点米，"干部笑着，"我在你家吃一顿吧。"

"我们家的饭不好。"小满儿说，"你吃不下。"

"不好也一样给粮票。"干部说。他在院里一直站到小满儿把饭做熟。

小满儿这一顿饭，磨磨蹭蹭，费了有两顿饭的工夫。她几次想从家里跑出去，但凭她的聪明，她知道干部正是防备她逃跑，才在那里监视她，她并且了解到这是一种好意，她装作十分安静地同干部吃了晚饭。

这一顿饭，她的姐夫蹲在外间没进屋，她的姐姐不明白这个干部和小满儿之间，发生了什么问题，也一直在避讳着什么，没有讲话。

吃过晚饭，天已经很黑了。小满儿从被动转为主动，首先放下饭碗说:

"同志，我们走吧。"

走出大门来，小满儿跑在前面，手里拿着一个小手电。

"你有这个家当。"干部说，"太好了。"

"我给你带路，"小满儿说，"我们从村外走，可以近一些。"

她从小胡同里往北转到村外来，因为她走得太快，那个手电的光亮太小，加上一闪一晃，干部跟在后面，反而什么也看不见了，只感到脚下绊绊磕磕。

小满儿飞快地跳过一个矮沙岗，贴着寨墙里面往东走。这一带都是软沙，有很多刨了树的大坑，干部深一脚，浅一脚，跌跌撞撞，只好慢走，以便脱离她的领导，并避免了她那手电的扰乱。

"走快点儿啊！"小满儿说，"人家一定上课了，我们不要迟到。"

"你带的这是什么路？"干部半开玩笑地说，"这不是正路。"

"什么是正路？"小满儿说，"只要抄近儿就好。小心，这里有一眼井，你可千万别掉下去。"

干部小心地扶住辘轳架，从井边沿过，然后是一陡坡，小满儿跳了下去，干部差不多是滑了下去。

"小心，篱笆。"小满儿侧着身子从荆棘之间闪过去，荆棘挂住了干部的衣服。

"给你吧。"小满儿回头把手电交给干部。她仍然在前面走着，从堆着很多破砖乱瓦的道路上，走进了一座大庙的后门。这座大庙，干部是参观过了的，当他们在大殿中间走过时，干部用手电照了照那站在两旁的，歪歪斜斜，缺胳膊少腿或是失去了眼珠的罗汉们，小满儿毫不在意地走过去，她的脚步放慢了。她说：

"同志，你没有赶过四月初八的庙会吧？这个庙会太热闹了。那时候，小麦长得有半人高，各地来的老太太们坐在庙里念佛，她们带来的那些姑娘们，却叫村里的小伙子们勾引到村外边的麦地里去了。半夜的时候，你到地里去走一趟吧，那些小伙子和姑娘们就会像鸟儿一样，一对儿一对儿地从麦垄儿里飞出来，好玩极了。"

"那有什么好玩的？"干部说。

"我也是听人说的，"小满儿说，"那么热闹的时候，我并没有赶上。抗日的时候，这村的游击队很英勇，他们站到第三层大殿上，有的就坐在神像的头顶上，放哨和阻击向这里'扫荡'的敌

人。庙里的尼姑替他们搬运子弹，现在她们都还俗了，有一个最
年轻最漂亮的，是副村长的儿媳妇。"

"这些抗日的故事很好。"干部说。

"那么，"小满儿停下来，转回身说，"我们不要去开会了，回
到家里去，我给你讲一晚上故事吧！"

干部摇了摇头。

"他们不会斗争我吧？"走出大殿，小满儿小声问。

"绝对不会的。"干部说，"你想到哪里去了？"

"有一个尼姑，曾经吊死在这里。"小满儿指着大殿前面的一
棵大树说，"因为恋爱不自由。活着的时候，我见过她，她会吹
笙，长得也很好。"

干部没有说话，有一阵风扫过树尖和屋顶。

"我害怕。"小满儿忽然转回身来，几乎扑到干部的怀里，她
的声音抖颤着，干部听到她的牙齿发出"得得"的打击声音，他
扶住他，用手电一照，她的脸色苍白，眼睛往上翻着。她说着听
不明白的话，眼里流出泪来。

"怎么回事？"干部慌了手脚。

"我看见了她，我看见了她！"小满儿大声喊叫。

"歇斯底里！"干部心里说，"没想到她有这种病症！"

听到喊声，第一个从街上跑到大庙里来的是六儿，他给杨卯
儿送了一只兔子去，回来路过这里。直到六儿进来，干部才感觉
到，他现在的处境，很容易引起别人的怀疑。在这样黑的夜晚，
在这样荒无人烟的地方，在他的身边，一个女人发生了这种情景。
他向六儿说明他同小满儿来到这里的经过。

"你救救我！你背我家去！"小满儿听到六儿说话，发出了这

样的呻吟。

"好，"干部说，"你帮忙背背她吧，你知道她的住处吗?"

"知道。"六儿说着蹲下来，拉起小满儿的两只手，放到肩上。小满儿仍然在哭泣，眼泪滴在六儿的脖子里。走到街上，她安静了，她撮起嘴来轻轻地无声地吹嘘着六儿的脖子后面。起初，六儿也有些害怕，但等到她偷偷地把嘴唇伸到他的脸上，热烈地吻着的时候，六儿才知道她并没有发生什么意外。

十八

六儿出车，黎老东看成是一件头等隆重的事件。自从把车打成，他运用毕生的工作经验，使油漆在冬季提前干好。晚上，他特备了酒菜，把黎七儿请来，对他说:

"七兄弟，我把六儿和这辆新车交给你，你要好好带动他，把你半辈子跑车的经验教给他，叫他在正道上走，不要翻车跌脚。"

黎七儿一口答应，并且说:

"不用大哥挂念，我不能眼看着叫他吃亏。我们这次打算到石门，大叔，你看拉些什么货物回来?"

"自然是拉什么利大，就拉什么。"黎老东说，"你看着吧。可是，因为是新打的车，头一趟可不要拉煤。"

"可是，"黎七儿笑着说，"冬季还就是拉煤利钱大。到那里看吧，要不就装点儿杂货。"

酒喝到半醉的时候，黎老东又向黎七儿说了这些话:

"七兄弟，我知道，在土改的那段日子里，你和我们有些隔膜。可是，我一直并不认为你是一个富农，我一直评你是个上中农。你爷爷，你父亲那两辈，当然是富农。可是自从你弟兄们分了家，你主要是跑车，雇人不多，要评成富农，我觉得有点儿够不上，要说是中农，好像又冒点尖儿，当时的争论，就在这上面。"

"过去的事情了。"黎七儿说，"当时，我就是心疼我那匹骡子。后来，我变卖些东西，又把它买回来了。咱成分不好，就不愿在村里见人。现在跑着车，我的生活，你看见了，也还过得去。坦白地说，人只要有能力，不种园子地，也能吃香喝辣！我不省着细着。平日在家，你知道，黎大傻家卖什么我吃什么。出门打尖下店，不是焖饼就是炸酱面；出店上车，整瓶子好酒在怀里一掖，什么时候想喝了，就低头来一口。"

"我就是佩服你。"黎老东说，"那些别的户都倒下了，就是你站起来得快。"

黎七儿走了以后，黎老东几次起来喂牲口。鸡叫头遍，他就叫醒六儿，装好草料。套车时，他帮着摆正辕鞍，结好肚带，抹足车油。天不明吃了早饭，六儿把车赶到街上来。早起站在街上的人，都称赞这辆新车。黎老东在车的前面倒着走，有时用脚填平道辙，不断地指挥着六儿。

出村，黎七儿的双套大车，赶在前面。杨卯儿要到石门去办年货，坐在他的车上。出了寨墙口，黎七儿摇动鞭子，把车轰开，跟着跑了几步，然后一蹿身，坐了上去。他回头望望六儿，六儿也照黎七儿的样子蹿上了车。黎老东在村边望着，望着六儿的车转过大沙岗，才转回身来。

在十字街口，村长拦住了他，和他说了希望他加入合作社的事。为了打破他的顾虑，村长还热心地向他介绍了别的村庄办社，对于牲口车辆的折价办法。这些话，黎老东好像全然没有听进去，他往家里走，从别人看来，他那一直兴奋得意的步伐，忽然变得焦躁和不安了。

车辆转过大沙岗，突然停下来。小满儿怀里抱着一个小包裹，坐在一棵老杨树下面等候着。她站起来，爬到六儿的车上去了。

然后，黎七儿大声说笑着，摇动长鞭。两辆大车的后面，扬起了滚滚的尘土。

十九

每天，九儿回到家里，傅老刚已经做好了饭。知道女儿做的是重活，老人还是按照打铁时的习惯，做小米干饭。每天，父女两个坐在里间炕上，守着一盏小煤油灯吃着晚饭。

这两天，父亲注意到女儿很少说话，他以为她是太疲累了。他说：

"今天，有几个互助组，给我们拿来一些工钱，这些日子，我帮他们拾掇了一些零碎活儿。我不要，他们说我们出门在外，又没有园子地里的收成，只凭着手艺生活，一定要我收下。我想眼下就要过年了，你也该添些衣裳。"

"不添也可以。"女儿低着头说，"过年，我把旧衣裳拆洗拆洗就行了。爹的棉袄太破了，应该换一件。"

"我老了，更不要好看。"父亲说，"村长和我说，他们几个互助组，明年就要合并成合作社。村长愿意我们也加入，说是社里短不了铁匠活儿。我说等你回来商量商量，你帮我想想，是加入好，还是不加入好。"

"我愿意加入。"女儿笑着说,"这是最好不过的事。"

"我也是这么想。"父亲兴奋地说,"当然我们可以回老家去参加。可是,这里的工作更靠前一步,我们和这个村子又有感情,就在这里参加也好。村长还说,他们也希望六儿家参加,那样,社里有铁匠也有木匠,工作方便得多。可是黎老东正迷着赶大车,不乐意参加。这些日子,我总见不到六儿,你见到他了吗?"

女儿没有说话。

"你不舒服吗?"父亲注意地问,"怎么看你吃不下?"

"不。"女儿说,"我只是有点儿累。"

她到外间去收拾锅碗。

"我和黎老东吵翻了。"父亲在里间说,"这只是一人一家的问题,只是两个老头子的问题,算不了什么。你不要把这件事情放在心上。"

"我没有放在心上。"九儿说,"今年冬天,我看着爹的身体不大结实,我希望爹多休息休息。"

"你不要惦记我。"老人笑着说,"我这病到春天就会好起来的。今天晚上不开会,收拾好了,你早点睡觉去吧!"

九儿给父亲铺好炕,带上屋门,到女伴们那里去。

今天夜里,天晴得很好,月亮很圆,很明净,九儿在院里停站了一会儿,听了听,父亲在吹灯躺下以后,并没有像往常那样咳嗽。她的心情也明快平静下来,她觉得她现在的心境,无愧于这冬夜的晴空,也无愧于当头的明月。她定睛观望,好像是第一次看清了圆月里那只小兔儿的可爱的活泼的姿态。

二十

童年啊，你的整个经历，毫无疑问，像航行在春水涨满的河流里的一只小船。回忆起来，人们的心情永远是畅快活泼的。然而，在你那鼓胀的白帆上，就没有经过风雨冲击的痕迹？或是你那昂奋前进的船头，就没有遇到过逆流礁石的阻碍吗？有关你的回忆，就像你的负载一样，有时是轻松的，有时也是沉重的啊！

但是，你的青春的火力是无穷无尽的，你的舵手的经验也越来越丰富了，你正在满有信心地，负载着千斤的重量，奔赴万里的途程！你希望的不应该只是一帆风顺，你希望的是要具备了冲破惊涛骇浪、在任何艰难的情况下也不会迷失方向的那一种力量。

一九五六年初夏

明镜台

耿
龙
祥

耿
龙
祥

【关于作家】

耿龙祥（1930—2007），笔名浴海，江苏沭阳人，中共党员。1955年开始发表作品。历任《江淮日报》译电股长、记者，《安庆报》主编，安庆市文联主席，安庆市市委宣传部副部长。1982年加入中国作家协会。著有短篇小说《明镜台》，中篇小说《杨柳依依》《月华皎皎》等。

【关于作品】

《明镜台》的主人公"我"曾经深入大别山打游击战，现在是国家干部，此时正在为写一篇回忆当年的文章"犯愁"。文章写不出来的原因是"我"无论如何想不起当年革命过程中，像母亲一般照顾着"我"的老大娘，临别时说的最后一句话。截稿的时间越来越近，保姆反复说自己的女儿去打牛奶，几小时不见人影。当收稿的主编登门说保姆女儿落水，现在生死不明时，妻子担忧的却是孩子手中的奶瓶。"我"恍然意识到，之所以怎么也想不起来大别山老大娘的话，是因为自己现在高高在上，早已忘了关心普通人的喜怒哀乐。

1956、1957 年的创作在当代文学史上被称为"百花文学",相比于之前或之后一段时间文学创作高度整齐划一地歌颂国家、时代,这一时期的文学写出了社会上不尽如人意、人性中阴暗的一面。在当时,相比"我"和妻子的日常生活,保姆女儿的生命也许不如一瓶牛奶珍贵,这样的视角是相当震撼人心的。但与此同时,保姆只称妻子为"唐同志",且敢于一遍遍唠叨自己女儿的去向,干部和群众在言行上的"平等状态"还是很有时代感的。

我们厂里的墙报,是党委书记题的名字,叫作《明镜台》。

去年春节前几天,我们几个过去打过游击的老干部接受了一项任务,每人要为《明镜台》写一篇文章,总题目叫作《想当年》。

当年的经历虽然丰富,有些经历因为日子隔得久了,生活变化太大,印象也都淡薄了;有一些虽然记得比较清楚,情节又太复杂,很不容易写。只有"妈妈"送我出大别山的一幕情景还比较好写,我就决定写它。

这里所说的"妈妈",其实是与我素不相识的穷苦老大娘。我受了伤,部队把我安插在她的家里。按当年的说法,叫作"打埋伏"。我在她家里住了三个月,她把我当作亲生的儿子看待。我伤口一好,她送我出山归队,以后就再没见过。事隔十年了。我用了三个晚上的时间,才大体写成。结尾一段是这样的:

"下大雪,刮北风。一路上,妈妈总让我走南边。她用自己的身体,替我遮着风雪。到了小河边,一只小船在等着我。妈妈把我紧紧抱住,从怀里掏出三个窝窝头,塞进我的口袋。她流着眼泪对我说：'希望你……'"

妈妈希望我怎么样呢？她当时仿佛说了很多话，可是我再也记不起来了。要用两三句话传达出那大意来，更是困难。我的写作的"灵感"，不知到哪里去了。

墙报星期一就要出报，星期天我还在盘算这最后两句话。正好也是个大雪天。我约定墙报干事三点钟来拿稿。吃过中饭，我关起门，坐在自己房里的沙发椅上，苦苦地深思起来。我的妻坐在我身边，替我们刚满周岁的宝宝打着第四件毛衣。

保姆刘雁红，抱着宝宝，在我们身后来回走动。

我们这个小宝宝，有一副怪脾气，睡觉非要保姆抱着，不停地走动；不停地走动还不算，还非要不断地唱着什么。要是不抱，不走，不唱，他就哭。一哭就能憋得大半天换不过气来。幸好这位保姆是农村里来的，身强力壮，最能劳动，最有耐性，又有一个和软的喉咙，又会随口编出歌来。她走得那么轻巧，唱得那么自然，一点不扰乱我的思考。她走着，唱着：

> "北风阵阵紧，
> 白雪满天飞，
> 阿姨怀中暖，
> 宝宝睡觉喽。"

她的歌声使我想到了当年妈妈送我到小河边的情形。刚刚想出点眉目，她忽然停住了，对我的妻说："唐同志，请你抱一小会儿。阿早去拿牛奶，到这晚还不回来，我去迎迎她。"妻说："你等一等，我把这针打起。"

阿早，是刘雁红的六岁的小女儿，也跟她住在我们家里。住在这个城市里真别扭，牛奶厂不管送牛奶。因此我们每天要打发阿早去给宝宝取牛奶——来回要走二里路。我曾感觉到这样不大好。妻却说："她在乡下也要做事的。多给她们两块钱就是了。"可是在这大风大雪的天气，让她出去跑路，而且是泥泞的路，实在有点儿不对。所以这时我说："把宝宝给我，你迎她去。"妻说："你快点写你的吧。等会儿还要上街给宝宝买热水袋呢。"说着她向刘雁红瞪瞪眼。刘雁红也说："你写吧。你的工作要紧。她不要紧的。"她继续走着，继续唱着：

"北风吹倒树，

白雪盖大路，

阿姨望阿早，

宝宝睡得好。"

我看看手表，已经过两点了。

妈妈说了些什么希望呢？将才想出的眉目，又紊乱了。房里的煤炉呼呼地响；房外的寒风也呼呼地响。雪花纷纷飘落在窗玻璃的外面，化成水珠，向下淌去。不知过了多少时间，保姆又停住了脚步和歌声，对妻说："唐同志，请你抱一小会儿。阿早还不回来，我实在不放心。她只穿一件小棉袄。"妻说："你等一等，还有几针，打起来，宝宝明早要换。"

刘雁红叹了一口气，继续走着，唱着：

"北风绞白雪，

> 白雪结成冰，
>
> 阿姨心发冷，
>
> 宝宝睡得稳。"

也不知因为煤炉里的火太大，也不知因为心里烦恼，我感到热，热得浑身发毛，就把大衣和呢制服全脱掉了，单穿着毛线衣，还要不时摇晃两条膀子，像拉钻一样。"阿早还不回来。"雁红的这句话使我很不舒服。当年风雪中的老母亲，和现在风雪中的小女孩，两个形象老是在我脑子里纠缠在一起。刘雁红第三次停下来，对妻说："唐同志，就请你抱一小会儿。阿早走了三个钟头了。"妻也不耐烦地说："叫你等一等等一等的，就剩这几针。你吵得妨碍他的写作。"

刘雁红更长地叹一口气，继续走着，唱着。可是她已经编不出歌词，只是哼着："宝宝睡觉喽，宝宝睡觉喽。"

约定完稿的时间已经过了三刻。我拿笔在纸上乱画，画了好多个老母亲的模样，也画了好多个小女孩的模样。幸好墙报干事还没来。我想，也许不要我这篇了吧？那正好。我为什么非到《明镜台》上去露露脸面呢？

可是，就在这时，门把手咔的一响，忽地冲进一个大汉，正是墙报干事——《明镜台》的主编人。只见他从头发到棉鞋全部结上了一层冰冻，全身直抖，话也说不清楚，只叫："烤火，烤火……阿得得得……"我以为是厂里失火了，钢笔一丢，就想往厂里跑。只听他又说："一个小姑娘，掉，掉，掉下河沟……"我全身颤动了一下，只听宝宝也哇的一声大哭起来，仿佛也受了惊吓似的。妻连忙问道："淹死了吗？在哪儿？"墙报干事跑到煤炉跟前，又喘又抖，哆哆嗦嗦地说："没有。在工人……医院。"

这时我才看见，刘雁红脸色铁青，抖战得比墙报干事还要厉害。她把宝宝塞在妻怀里，替他将包被裹紧了，一声不响地冲出门去。

妻一面哄着毛毛，一面向干事说："那个小姑娘手里拿没拿奶瓶？这要真是阿早，我们宝宝明早上吃什么呢？"

等到墙报干事的衣服烘干，刘雁红抱着脸色苍白的阿早回来，天时早已断黑。我再也想不下去了。拿起钢笔，在"希望你"下面加了几个虚点，另起一行写道："妈妈的希望，我一点也记不起了。但是，我是绝对不应该忘记的，我心里很难受，很难受……"

从此我就对我自己，对我妻子，都有了意见。我们都是国家的干部，而且是在工厂里工作，然而我们把不应该忘记的事情忘记了！我要找时间跟她好好儿谈一谈。

改选

李
国
文

【关于作家】

李国文，1930 年生，祖籍江苏盐城，出生于上海。20 世纪 50
年代开始发表小说，80 年代以来出版的作品有长篇小说《冬天里
的春天》《花园街五号》，中、短篇小说集《第一杯苦酒》《危楼
记事》《没意思的故事》《涅槃》等。

【关于作品】

小说《改选》塑造了两个"工会主席"：一个是现任主席，满
脑子想着公文撰写、讨好上级；一个是曾经的工会主席老郝，只
知道干实事，为工人谋福利，却因为不擅长公文、演讲等而被边
缘化。故事中的工会面临换届，现任主席忙得焦头烂额，希望能
用数字和典型事例——他称此为"样板"，来让自己赢得连任；此
时老郝在为另一种"板"发愁——死去工友的棺材板。群众的眼
睛是雪亮的，在选举现场，所有曾经受过老郝照顾的工人奋起反
抗，最终用民选的方式让老郝重新当上了主席。而坐在观众席中
的老郝，却因为过度激动而死去了。

这篇作品显然是在讽刺当时官场上的不正之风，各种形式主

义下的功名利禄，替代了为人民服务的初衷。李国文的语言是辛辣也不乏温情的，但最后老郝死在选举现场的结局也耐人寻味。他博得了大家的好评和拥护，但恐怕接下来继续担任主席的，还会是一个类似前任的人。究竟孰对孰错，哪条路更值得选择……

按照工会法的规定，这一届工会委员会已经任满了，如果再不改选的话，除非工会法有了新的章程，否则再拖下去，会员也不能同意的。于是委员们忙碌起来，工会主席起草一年来的工作总结，为了使这报告精彩生动，让人听了不打瞌睡、不溜号，他向各个委员提出了"两化一板"的要求：

"你们提供的材料是我报告的基础，工作概况要条理化，成绩要数字化，特别需要的是生动的样板。"

你也许没有听过"样板"这个怪字眼吧？它是流行在工会干部口头的时髦名词，含义和"典型"很相近，究竟典出何处？我请教过有四五十年工龄的老郝，他厌恶地皱起眉头："谁知这屁字眼打哪儿来的！许是协和语吧？"

委员们都在为"两化一板"着忙，本来冷落的厂工会，这时像停久了的钟摆，不知谁拨弄一下，滴答滴答地走动起来，显得少见的生气。人们路过工会的窗口，都不禁探头张望，担心里边别是出了什么事。"两化"倒是容易的，"一板"却为难了，委员们既没有艺术提炼的才能，又不像到人事科、劳动工资科、厂长室、合理化委员会照抄材料和数字那么方便。但是主席却像产妇进入临产期那样，孩子没有出世，已经琢磨得出他的音容笑貌；他仿佛看到了在会员大会宣读这篇作品的结果，得到了全体会员的欢迎和信任，一致赞成他们继续连任下去。

主席把委员们找来汇报"两化一板"材料，每个人的脸色都沉甸甸的，连通讯员也是愁眉不展，他瞪着一堆久已不用的脏茶杯发愁，一时怎能洗刷出来？这时主席发言了："来全了咱们就凑吧！咦？老郝哪？怎么又不见他？"

通讯员抢着回答："我通知他了，他说打发完死人就回来。"他巴不得主席说声找，那他拔腿飞跑，就可以丢下茶杯不管了。

"什么死人？"

"铆工车间的老吴头老死了。我们老郝给看的板子，选的地皮，这阵子正大出殡哪！主席，我去把他找来？"

大概考虑到把出殡队伍的头脑、葬礼的主持人抽走的话，得罪了死者倒不用怕的，反正他也不会提意见了，冒犯了群众那可是划不来的，何况目前正是改选期间，于是通讯员只得低头冲洗茶杯去了。

"同志们！要紧是样板！"他不满意委员们汇报的材料，"数目字你们不给我，我也能搞到的。现在我这报告缺的是样板，难道我们工会委员会干了一年，没有一块样板？……"主席说得激昂慷慨，急得用手直弹桌子，爆起一阵浮土，呛得委员们直打喷嚏。

大家一阵沉默……

"板子倒是有的，我看中一副好板子，娘的，就是不给我。"幸亏老郝讲这话时是在出殡队伍里，否则那得了"样板"狂的主席，一定会抓住他紧紧不放的。

老郝挂了根拐棍，走在出殡队伍的前面，和他并排走着的，是死者的老伴，没有成年的儿子，和一些有着三四十年工龄的老

154

头，他们头顶都光秃秃的，步伐迟缓，神态庄严，震慑得瞧热闹的人屏神敛息。跟着是十六人的抬棺大队，二十来人的挖墓大队。这些老郝眼中的年轻人，额头也已皱纹累累，经过时间的磨炼，饱尝了生活的艰辛以后，性格稳定了，开始变得踏踏实实，步伐沉稳起来。他们的后面，是拖得很长的群众队伍，并不需要特别组织的，只要老郝带着头的，而且送的是一个善良的死者，人们就自觉地除下帽子，排到队伍里去。没有灵幡，没有花圈，没有旗帜，没有哀乐，只是默默行进中的送葬队伍，这对一个朴实的老工人来说，那是再合适不过的葬礼了。

老郝轻声地回顾左右说："我在制材厂给他们一顿教训，老吴铆了一辈子铆钉，就连你这厂房架子也有他的心血，难道不该摊副好板子？他死活不给，这柏木的也是硬对付来的。"

到得墓地，墓穴早挖好了，吆喝着把棺材松绑轻轻放下去，开头几铲子土是由死者的亲人、老郝和老工友们填上的，随后那些年轻人才一拥而上，抡起那开动机器、挥铁锤的臂膀，一眨眼工夫从平地耸起新的坟山。老郝照例讲讲话结束葬礼，他的墓前演说从来没有准备过，而且永远讲得动听，甚至连死者的行状也不需特别记忆，他们共同生活了半辈子，熟悉得连手心纹路都清楚的。讲到最后，老郝叹了口气，惋惜地说："唉！又死了一个好手艺人，老吴那双手可是宝贝啊！他拿起铆枪来，比姑娘用绣花针还灵巧。他铆的活过上千年万载，也找不出半点毛病。可是眼下有些心盛的娃娃，昨天还穿着开裆裤呢，今天刚满师，就想爬到别人头上撒尿了。"老郝用眼扫了那站在圈子外边的真正年轻人，他们几乎没有勇气正视老郝的眼光，都扭过头去。"学学这位死去的老爷子吧！他是活到老，学到老，孩子们，这话不能错的。"

他送那老伴和孤儿回家，在他们家用拐棍这儿点点，那儿戳戳，提出一连串的问题："米、面还存着多少？煤和劈柴还有没有？房子漏不漏？孩子上学多少学费？念书的出息怎样？……"那老伴儿哭哭啼啼地回答，孩子倒还镇静，给他娘补充着。

老郝看到最后说："好吧！将来让孩子进厂补个学徒，把他爹的手艺传下去。你嘛哭够了也就算了，人老了总得死，你我也不免要走这条道的。可是你活着，就得打活着的主意，好生把孩子教养成人，死鬼也就心安啦！"刚止住哭的老伴，这时哽咽起来。走出门老郝回头说："烧煤眼看过不了冬，明天我着人给送来。"

每逢他打发走一个老朋友，两腿就增加一两分不自在，翻过铁路道口，累得他差点瘫痪了。他记起工会找他开会；记起那头痛的"两化一板"："横竖也是迟到，他们能宽待我老头的。"他索性在路基旁坐下歇脚。

一个没脚虎的小孩，刚学会走路，他那蹒跚的脚步和这患风湿症的老人差不多，在向路基爬过来。这时虽然没有火车，老郝依然顾不得一切抢前抱了过来，任凭孩子挣扎哭喊，他也不放松一点，他气得骂道："娘的，这是谁家的孩子？要让火车碰伤压坏，该到工会哭啦闹啦！"

一个婆娘听到声音喊着走来："谁欺侮我们家宝贝儿?"

"我，是我！"他愤愤地把孩子朝地上一顿，顿得孩子哇地哭了。要是别人，那婆娘性子早发作了；可是认出了是老郝，脸上堆笑："麻烦您老人家，给我们看孩子，谢谢您啦！"

"哼！"他挥了挥拐棍，"你这是什么做妈妈的？放孩子满处乱跑。现在我是浑身不得劲，要有力气，用这好好揍你一顿，就该知道怎么带孩子啦!"那婆娘在他背后伸了伸舌头,抱着孩子走开了。

等老郝赶到工会,会早就散了。只剩下主席一个人,埋头在写他那篇杰作,脸憋得通红,老郝也没敢打扰他,蹑手蹑脚地坐在旁边等待。他对于提起笔来,正在动脑筋做文章的人,永远怀着敬畏的心情,哪怕他的孙女伏在灯下做功课,他也喜欢在旁边静坐观看,和她同享创造的烦恼和愉快。可是主席这篇文章太难写了,他几乎在折磨自己:一会儿抓挠头发,一会儿拧自己的鼻子;一会儿咬钢笔杆;一会儿拍打脑袋,青筋暴起老高,最后把笔一扔呻吟道:"嘻!样板,样板,没有样板什么都完了!"

老郝同情地叹了口气,主席转过身,惊讶得眼睛都吊到额头上去:"老郝你怎么搞的?多咱工会开会,你也没有痛快地参加过,不是迟到就是早退,不是张三叫就是李四喊,你是工会的委员,还是大家的勤务员?"

老郝怯生生地回答:"我不是来了吗?"

"好!那就听听你的汇报,两化一板,要紧的是样板!"

老郝哆哆嗦嗦地打口袋里掏出个本子,污秽得跟抹布差不多,他颠三倒四地寻找,也找不到煞费苦心准备的"两化一板",急得他两腮直哆嗦,偏偏那些滑腻的纸张不听话,在手指头间滑来滑去。

"在哪儿?老郝!"主席斜着眼瞪他。

"这……这……我……"

主席真的动气了,委员们都存心来欺侮他似的,谁也没有给他找来合适的材料,老郝更是荒唐,连句话都说不上来。他正颜厉色地说:"老郝,你让我给会员报告什么?就报告你一年来送了几个死人？……"

"我干了什么，大伙也全一目了然，你要让我说，脑袋不管事了。嘻，这本子上我求人写着的，娘的，都给揣乱了……"

一个指挥偌大送葬队伍的头脑，讲话做事那么威风凛凛的人物，怎么在这个年龄比他儿子还小的人面前，变得软弱、衰老、可怜？老郝不是一下子把勇气全部挫折了的。他虽然是个基层工会干部，但是几年来整个工会刮来刮去的风，可把这老汉刮糊涂了。

起初他当工会主席，那份热心肠待人是极好的，亲昵地管他叫"我们老好"，开玩笑的称呼他是"老好子"。一切要都是这样顺顺当当就好了，然而不幸的事情来临了。

……他捧着纸片，站在讲台上，结结巴巴地念着，动员参加反动道会门的工友赶快登记。这还是现在的主席，当时是工会干事草拟的文稿，哪怕最蹩脚的"公文程式""尺牍大全"，也要比这篇讲稿有感情、有血肉得多。老郝念了一长串前缀词句以后，本来文化不高的他，被这文字游戏搅得头昏脑涨，底下的词句没有来得及看清，嘴里竟滑出了这样的话，想收回也来不及了。

"同志们！嗯……我们，大家，一齐，参加，反动，道会——"会场里轰动起来，老郝站在嗡嗡的人群面前手足失措，他慌忙补充一句："嗳，嗳，我们大家，一齐参加，一贯道！"喧嚣声更大了，好久不能平息。

笑得最厉害的是青年男女，还有坐在主席台位置上的几个干部，好久，还捂着嘴偷偷地乐。

"嘻！两回我都把'反对'落掉了，照稿子念我是不行的。"老郝差点急出了眼泪。

"不行！你得检讨，这是政治上的原则错误，立场问题！"不久，老郝就改做副主席了。

"副主席也没啥！横竖我是个党员，什么工作也是党让我做的，怎么能挑肥拣瘦？"依旧是原来模样，整天马不停蹄地转着，除了有些顽皮的学徒，封了他一阵"点传师"，这些闲话也像露水见不得太阳似的云消雾散了。

恰巧那年春天下起缠绵的梅雨，年久失修的老工房都漏了，只要天稍一放晴，老工房到处挂起湿了的被窝床褥，像一片五花斑驳的万国旗，耀人眼目。

房产科正在按计划给厂长、科长维修住宅，也不管工友们半夜里睡不好觉，大盆小罐地接雨水，结果弄得个个熬红了眼，上班也打不起精神来。

"老郝呢？他怎么不见啦？"

"不能躲起来的，这事他不管谁出头？"

老郝倒真的没躲，正在和房产科长磨嘴唇呢，他满身泥泞气鼓鼓地坐着等科长解决。科长埋在圈椅里："行了！你是工会干部，知道什么叫计划性？计划就是法律，厂长他也不能破坏。漏这点雨就受不了，解放前怎么过来的？那时候坍的坍、倒的倒，让大伙将就点吧！"

"亏你说得出口，你还是个党员哪！"老郝啪嗒啪嗒地走出去，一路在地板上留下了泥汤。他到处走遍，想尽了一切办法，最后逼得他只好打把洋伞，光着脚丫子，站在厂长家门口，和他讲道理。这回倒真的是脾气发作，气得他直哆嗦——

"别人要是拖着不管，我不生气。你是厂长，你不该这样对待！开会、研究、考虑！那得到驴年马月！"

厂长站在门廊里，躲闪着刮来的风雨："老郝，你进来好好谈。"

"不，不，你多咱不答应解决，我不进去也不走，老工房有多少户像我这样挨淋！"厂长软劝硬说不行，只得下命令维修工程停工，赶紧去老工房堵漏子，他才满意地走了。

虽然他在党内受到批评，不应该这样对待领导；而且他挨了淋，风湿症又发作了，但他看到那么多笑脸，腿痛和批评全不在乎。腿总归好了，依然走马灯似的忙着。

反对工会经济主义倾向的这阵风，千里迢迢地刮来了，风尾巴一扫，小磨房就陷在风雨飘摇的局面当中。这使老郝真的担惊受怕起来。每天上班前花上几文钱，喝上碗热豆浆，省得家里妻小清早起来忙活，这是老郝放在心里许久的想法。凑巧工厂附近的小磨房关张，他建议厂里盘下，并且花了点钱改建一下。"难道这就是经济主义？当初谁也没有反对。"老郝弄不通这点，独自纳闷。

小磨房开张的那些日子，热气腾腾的豆浆，大家喝得美滋滋的。工友们欢迎，干部们高兴，上级也夸赞。建立小磨房的功绩，工会自然得总结的，青年团也写了份，行政认为有责任跟着上报了，份份材料都写得天花乱坠，但哪份材料也没提到老郝的名字。他找材料修房、买牲口、请石匠锻磨这些事，都不知记到谁的账上去了，老郝无所谓地笑笑，只要大家有豆浆喝，根本就不去计较的。

然而风是刮来了。

"谁的经济主义？"在小磨房里有人探讨起来。一位曾经总结过小磨房，把它比作天仙妙境的人，拭去粘在嘴唇上的浆皮子：

"这得工会老郝负全责，都是他一人张罗的。我早就看出不对头，既然能够搞小磨房，发展下去粉坊、菜园子不也可以?"他很为自己能提高到"政策水平"认识问题，而洋洋自得。四周的工友惶恐地瞧着他，人们担心着别把小磨房封闭了，但是终于没有撤销，因为热浆不仅工友爱喝，就连那些"事后诸葛亮"们也并不讨厌的。现在的工会主席，那时的宣传委员代老郝写了篇检讨，也没征得他同意给报上去，后来老郝给免去了副主席的职务，担任劳保委员，他很知足也很高兴:"小磨房没关张这就行啦。我就是这样的材料，卖我的老命对付着干吧!"

他上任第一件事，就是修建休养所。老郝忘记一切不愉快的事情，每天起早贪黑地干，寻工买料、勘测地皮，忙得不亦乐乎。他像泥瓦匠工头，浑身尘土仆仆，终于挑中了小树林的一块地方，那里靠厂子很近，原是旧社会打算给厂长盖洋房的，地基现成。人们路过那儿，停住脚:"老好，这是干什么?"

"盖休养所，让大家享享福!"

"老好，你真好!"人们赞美着走开了，可他的心却沉浸在这种幸福里，他觉得为人们做这一件件好事，就越来越接近人们盼望的时代。他舒服，痛快，有力地挥舞镐头，远远看，他像是个壮实的年轻小伙。

现在的主席，那时已经是副主席了，正是少年得志的时候，玲珑剔透，仿佛每个细胞都在跳舞似的。在一次什么会议上，有位厂里的负责干部，认为把休养所盖在小树林，不若修在太阳沟好:"那儿我去过一趟，风景美，空气好，真是有山有水……"我们这位主席最善于察言观色、领会上级意图的了，赶紧让老郝停工，到太阳沟另找新址。

老郝独自领着工友在这披荆斩棘，谁也不来过问，早预感到情况有些不妙。然而太阳沟的建议他却断然拒绝："不行，我想过，二十来里地，又在荒山里，太不方便。"

"真是难以贯彻领导意图！"主席暗地想着，然后说，"每年夏天小伙子成群结队去玩，就说明那儿好，满山遍野的柿子树、枣树、梨树，还有草地，那太阳沟游起泳来多带劲！"

"不行！那儿闹狼！"还是不同意。

"嘿！工人阶级会怕狼？笑话！"他不想再和这顽固的老头说下去，"这是组织决定，你就执行吧！"

休养所落成以后，特地先组织了干部去休养，还没有过三天，且不说往山里运送给养是何等困难；汽车开不进去，要用骡子往山腰驮；休养员原想在太阳沟里嬉水作乐，老乡们派出代表抗议，说这吃喝用水万万作践不得的；恐怖的是到了夜里，狼嗥声使人久久不能入睡，还要随时提防狼群的袭击。于是有人说自己健康完全恢复，无须耽误宝贵的床位，申请提前出所；也有不怕狼而留下的，那些大抵是部队出身的干部，好久没有过枪瘾，趁此机会施展一下身手。

以后谁休养回来，就仿佛虎口脱生，人们都开玩笑地围上去祝贺："恭喜恭喜！活着回来了！"

当反对工会只抓生产、忽略生活的风刮来的时候，人们把老郝和休养所连在一起："为什么把休养所盖在深山里？"

"让我们修行出家？"

"叫我们喂狼？"

想不到干部也责备他："你是工会劳保委员，为什么不起监督作用？"七嘴八舌弄得老郝没法应付，一发急更是说不出个整句子，他成了把好事办坏的"样板"。不久工会改选，偏偏他没有落选，因为这底细不久就拆穿了，人们相信老郝绝不会办这"缺德"事。只好让他挂上个委员的名，不再给他什么具体分工，这可把老郝苦恼了些日子："我真是越干越寒心啦！"但是他在人们的心中得到温暖，大家越来越尊敬他、亲近他、信任他，在好多工友的心目中，老郝就是工会，工会就是老郝，有事都来找他，现在成了"不管部大臣"，倒显得比先前更忙，工会里整天也见不到他的影子。

经历了这可算坎坷的路程，他老了。背驼了，腰弯了，仅剩下的数茎头发，也如银丝般的白，但是他的心没有衰老，仍如先前那样激情澎湃。不知为什么，碰上这些常常在当面或事后指责他的人，他就变得缄默、拘谨甚至惶恐起来。

主席还在等待着他的答复，丝毫没有怜悯的心意，老郝低声地求着："明天不晚吧？豁出一夜不睡，也把两化一板找到。"

主席沉吟了一会儿，点了点头："好吧！"老郝如同犯人听到释放似的，慌忙拄起拐棍预备回家，他的孙女早就在桌旁，等着爷爷帮她做功课了。但是未及跨出门槛，主席又叫住他："老郝同志，你等等，咱俩一路走，我有件事想和你谈谈。"这是头一回的新鲜事，他用戒备的眼光注视着主席的行动，预感到一场风暴到临了。

"老郝同志，本来想明天谈的，我想你是个党员，同事这么多年，我也知道你的性格，你喜欢痛痛快快——"

"你说吧！"

"随着形势发展，工会工作也需要向前走，老郝同志，你是老工会工作者了——"

老郝不耐烦地截断他："什么事尽管说好了，不用扯东扯西给我哑谜猜！"这种口吻使人想起当年老郝是主席，而现在的主席却是工会干事的时代。也许老郝的语气触怒了他，他用一种冷冷的调子说："这次候选人的名单，我们研究以后，决定不提你了。明天晚上选举，你的意见怎么样？"

"把我给免了，你们？"

从他的脸上，老郝看到他嘴里没说出的话："你老了，不中用了，该退休啦！别挡着别人的路，别不识时务弄个更难堪的下场。"他两条腿仿佛是借来似的，不听他支配，好容易挣扎到了家。刚推开门，瘫痪无力的他，扑通倒在门槛上，小孙女恐惧地叫着："爷爷！爷爷！"他昏厥过去了。

第二天他没有能进厂，汽笛声白白地吼了半天，他内心感到有些歉疚，这是他解放后头一回缺勤，那回雨淋患风湿症，他还坚持上班了。想到人不免要走去的道路，他居然颓唐起来，跟老伴讨了点烧酒，红着脸不好意思地抿了半盅，但是他放下了："怎么？想死了？不，不！"他挣扎起来，拄着拐棍，扶着孙女进厂去了。

"爷爷，你还能活多大？"

"起码也得一百岁，孩子！越活越甜啊！"他们走进厂子，走进礼堂。他抱着孙女在边门的角落里坐下，听主席正在淋漓尽致地发挥高论。也许主席讲得太快了，只在人们耳朵里留下"板……板……板……"的声音。跟着是财务委员和经费审查委员的报告，那一连串数目字，只是讲给麦克风听的，没有一个会员注意他讲的是千是万，既然你上台了，就得让你讲完罢了，我们的听众是最有礼貌的了，从来也不把蹩脚的演说者哄下台去。

神圣的选举开始了。

主席再一次征求对候选人名单的意见，顿时场内鸦雀无声，这是不妙的征兆，主席心里想："这名单在小组酝酿时，缺乏说服动员，看这劲头儿够呛。"

"同志们还有没有意见？"会场里的空气沉闷得令人窒息。"要没有意见，这名单就先用举手的方法通过了！"

"等一下！"一个瘦小枯干的老工友站起，"为什么这回没有了我们老郝？"

坐在后边的老郝给震惊了一下。

主席连忙解释："随着新的工作开展——"

另一个粗鲁的声音打断他："直截了当说吧！老郝犯了什么错误？有人说该死的休养所是老郝盖的，可这馊主意不是他出的，我赌咒发誓，他原先打算盖在小树林的。"

主席台上交头接耳地议论。

小孙女觉得她爷爷在哆嗦，但是这激烈的场面吸引了她，她也顾不得了。

主席走到台上，大声地讲话，这时全场像一堆干草着火似的，噼噼啪啪地到处冒火星。"同志们！同志们！个别人的意见可以——"有人笔挺地举起手，主席让他发言。

"谁在漏雨的时候找人来修房子？谁整年马不停蹄地为别人忙着？谁在人家为难的时候伸过手来？是谁？像这样的人，不配做工会干部？"他愤愤地坐下，把椅子弄得轧轧响。

有人站起："老吴头死了，你去了吗？你还是主席！"这厉害的责询弄得主席怪狼狈的。

主席台上召开了临时委员会，会场里完全像开了锅的水，猛烈地翻滚起来，有人打开了窗子，透进了初春的寒风。

小孙女觉得她爷爷平静了，不过这会抱得她更紧些，使得她没法扭回头去看爷爷的脸……

主席走到脚灯前，摆手让大家安静，他几乎是喊叫："同志们！候选人名单不进行表决了，现在各车间来领选票，票已经印好了，同志们如果选郝魁山同志或别的同志，划掉其中任何一位……"

会场里又是一番纷乱，红色的票箱抬到场子中间。

"郝字是赤字帮个耳朵，魁字是鬼帮个斗，山是山水的山……"扩音器也无济于事，从来也没有像今天这样热闹，人们都不愿离开，偏等看了选举结果才走。

选举计票人，选举监票人，又乱哄哄地喧嚣了一顿，被推选出来的人尴尬地走到票箱跟前，开始进行工作。

三千四百二十三张票。计算机从会计科取了来，噼里啪啦地摇着。扩音器放着唱片，呜嗷呜嗷得听不清唱的是什么。

人们簇拥着走来走去，小孙女已经失去了兴趣，她倒在爷爷的怀里睡着了，那是靠边门幽暗的角落，谁也没有在意。

真是手忙脚乱，又添了五把算盘，算盘珠子跳动着，郝魁山的选票在往上升，二千九百、三千一百、三千三百……三千四百零五。复核了一遍，计算机和算盘的数字完全符合，这消息不用扩音器，一眨眼全场每个角落都传遍了。

主席宣布选举结果："第一名郝魁山同志，得票数为三千四百零五，第二名……"没等他说完，雷动的掌声淹没了他的声音。

"安静！安静！"

谁也不听他的，掌声有节奏地响起，在后面的老郝，不知道是高兴还是痛苦，萎然地垂下了头。

"我们老好哪？让他出来讲话……"

"静，静！"主席敲着话筒，"静，静一下，同志们！今天这个会开得成功！请静一静，这是一次发扬民主的样板……"

"老好在哪？老好！老好！他来了吗？"人们都四处搜寻。小孙女惊醒过来，用背顶着她的爷爷，她爷爷像熟睡了似的纹丝不动。

"爷爷！爷爷！"她挣脱了她爷爷的僵硬的胳膊，回头看见他两眼木呆呆地瞪着，发僵的嘴唇在流着口涎，她恐惧地大叫起来。

老郝死了！

他静静地在人群的声浪里死去的。

全场沉静下来，静得连窗帘簌簌的飘响都听得见，寒风带来了春的气息，人们饱饱地呼吸着。想起了孜孜不息的老郝，脑海里波澜起伏，一个个眼睛都润湿了，虽然人们抑制着感情，怀念他的、感激他的人，都禁不住地唏嘘起来；就是那些对他抱愧的人，心头也是不很平静的。

按照工会法的规定，改选是在超过人数三分之二的会员中举行的。这次选举是有效的，新的工会委员会就要工作了。

红豆

宗
璞

【关于作家】

宗璞，1928年生，原名冯钟璞，祖籍河南唐河，生于北京。著名哲学家冯友兰之女。第六届茅盾文学奖得主。其代表文集有《宗璞小说散文选》《宗璞代表作》《风庐短篇小说集》《宗璞文集》，长篇小说《南渡记》《东藏记》《北归记》。另有散文作品集多种。

【关于作品】

《红豆》是一个革命时期的爱情故事。男主人公齐虹和女主人公江玫一度热恋，但最终因为出身和性格的差异走上歧路。篇名"红豆"指的是江玫发卡上的装饰品，这是两人爱情的象征。作为一篇20世纪50年代的文学作品，小说在语言和行文上几乎没有当时"社会主义现实主义"的痕迹，这是相当不容易的。同时作品又深度介入时代之中，江玫和齐虹的差异、决裂，反映的不仅是个人选择，更是不同阶级的立场差异。作者的安排很有趣，象征资产阶级的齐虹在爱起人时极度"排他"，总是希望完全、彻底占有另一半，一旦不能得逞便想着"毁灭"，这仿佛是在暗示资本主义社会对私有财产的态度。江玫起初是摇摆的，后来在室友肖素的引导下，感受到了集体的温暖、互帮互助带来的价值认同，进而将这些与共产主义的魅力画上了等号。至此，江玫与齐虹的世界观产生了尖锐冲突，齐虹在新中国成立前夕飞往美国，江玫则留在了自己的故乡。

齐虹称江玫为"我的小姑娘"，肖素则称江玫为"小鸟儿"，这两个称谓同样带有将江玫"弱化"之后加以"控制"的意味。小说中隐隐有着一重"三角"结构，齐虹和肖素都在用自己的话语和行动，争取让江玫倒向自己这一边，这让《红豆》在普通的男女恋爱之外，有了另一重解读的空间。

天气阴沉沉的，雪花成团地飞舞着。本来是荒凉的冬天的世界，铺满了洁白柔软的雪，仿佛显得丰富了，温暖了。江玫手里提着一只小箱子，在 X 大学的校园中一条弯曲的小道上走着。路旁的假山，还在老地方。紫藤萝架也还是若隐若现地躲在假山背后。还有那被同学戏称为阿木林的枫树林子，这时每株树上都积满了白雪，真是"忽如一夜春风来，千树万树梨花开"了。雪花迎面扑来，江玫觉得又清爽又轻快。她想起六年以前，自己走着这条路，离开学校，走上革命的工作岗位时的情景，她那薄薄的嘴唇边，浮出一个微笑。脚下不觉愈走愈快，那以前住过四年的西楼，也愈走愈近了。

江玫走进了西楼的大门，放下了手中的箱子，把头上紫红色的围巾解下来，抖着上面的雪花。楼里一点声音也没有，静悄悄的。江玫知道这楼已做了单身女教职员宿舍，比从前是学生宿舍时，自然不同。只见那间门房，从前是工友老赵住的地方，门前挂着一个牌子，写着"传达室"三个字。

"有人么？"江玫环顾着这熟悉的建筑，还是那宽大的楼梯，还是那阴暗的甬道，吊着一盏大灯。只是墙边布告牌上贴着"今晚团员大会"的布告，又是工会基层选举的通知，用红纸写着，显得喜气洋洋的。

"谁呀？"一个苍老的声音从传达室里发出来。传达室门开了，一个穿着干部服的整洁的老头儿，站在门口。

"老赵！"江玫叫了一声，又高兴又惊奇，跑过去一把抱住了他，"你还在这儿！"

"是江玫！"老赵几乎不相信自己昏花的老眼，揉了揉眼睛，仔细看着江玫。"是江玫！打前儿个总务处就通知我，说党委会新来了个干部，叫给预备一间房，还说这干部还是咱们学校的学生呢，我可再也没想到是你！你离开学校六年啦，可一点没变样，真怪，现时的年轻人，怎么再也长不老哇！走！领你上你屋里去，可真凑巧，那就是你当学生时住的那间房！"

老赵絮絮叨叨领着江玫上楼。江玫抚着楼梯栏杆，好像又接触到了六年以前的大学生生活。

这间房间还是老样子，只是少了一张床，多了些别的家具，窗外可以看到阿木林，还有阿木林后面的小湖，在那里，夏天时，是要长满荷花的。江玫四面看着，眼光落到墙上嵌着的一个耶稣受难像上。那十字架的颜色，显然深了许多。

好像是有一个看不见的拳头，重重地打了江玫一下。江玫觉得一阵头昏，问老赵："这个东西怎么还在这儿？"

"本来说要取下来，破除迷信，好些房间都取下来了。后来又说是艺术品让留着，有几间屋子就留下了。"

"为什么要留下？为什么要留下这一间的？"江玫怔怔地看着那十字架，一歪身坐在还没有铺好的床上。

"那也是凑巧呗！"老赵把桌上的一块破抹布捡在手里，"这屋子我都给收拾好啦，你归置归置，休息休息。我给你张罗点开水去。"

老赵走了。江玫站起身来，伸手想去摸那十字架，却又像怕触到使人疼痛的伤口似的，伸出手又缩回手，怔了一会儿，后来才用力一掀耶稣的右手，那十字架好像一扇门一样打开了。墙上露出一个小洞。江玫踮起脚尖往里看，原来被冷风吹得绯红的脸色唰地一下变得惨白。她低声自语："还在！"遂用两个手指，钳出了一个小小的有象牙托子的黑丝绒盒子。

江玫坐在床边，用发颤的手揭开了盒盖。盒中露出来血点儿似的两粒红豆，镶在一个银丝编成的指环上，没有耀眼的光芒，但是色泽十分匀静而且鲜亮。时间没有给它们留下一点儿痕迹。

江玫知道这里面有多少欢乐和悲哀。她拿起这两粒红豆，往事像一层烟雾从心上升了起来——

那已经是八年以前的事了。那时江玫刚二十岁，上大学二年级。那正是一九四八年，那动荡的翻天覆地的一年，那激动，兴奋，流了不少眼泪，决定了人生的道路的一年。

在这一年以前，江玫的生活像是山岩间平静的小溪流，一年到头潺潺地流着，很少波浪。她生长于小康之家，父亲做过大学教授，后来做了几年官。在江玫五岁时，有一天，他到办公室去，就再没有回来过。江玫只记得自己被送到舅母家去住了一个月，回家时，看见母亲如画的脸庞消瘦了，眼睛显得惊人的大，看去至少老了十年。据说父亲是患了急性肠炎去世的。以后，江玫上了小学上中学，上了中学上大学。日寇入侵的那段水深火热的日子，江玫也在母亲的尽力遮蔽下较平静地度过。在中学时，有一些密友常常整夜叽叽喳喳地谈着知心话。上大学后，因为大家都是上课来，下课走，不参加什么活动的人简直连同班同学也不认识，只认识自己的同屋。江玫白天上课弹琴，晚上坐图书馆看参考书，礼拜六就回家。母亲从摆着夹竹桃的台阶上走下来迎接她，生活就像那粉红色的夹竹桃一样与世隔绝。

　　一九四八年春天，新年刚过去，新的学期开始了。那也是这样一个下雪天，浓密的雪花安安静静地下着。江玫从练琴室里走出来，哼着刚弹过的调子。那雪花使她感到非常新鲜，她那年轻的心充满了欢快。她走在两排粉妆玉琢的短松墙之间，简直想去弹动那雪白的树枝，让整个世界都跳起舞来。她伸出了右手，自己马上觉得不好意思，连忙缩了回来，掠了掠鬓发，按了按母亲从箱子底下找出来的一个旧式发夹。发夹是黑白两色发亮的小珠串成的，还托着两粒红豆，她的新同屋肖素说好看，硬给她戴在头上的。

　　在这寂静的道路上，一个青年人正急速地向练琴室走来。他身材修长，穿着灰绸长袍，罩着蓝布长衫，半低着头，眼睛看着自己前面三尺的地方，世界对于他，仿佛并不存在。也许是江玫身上活泼的气氛，脸上鲜亮的颜色搅乱了他，他抬起头来看了她一眼。江玫看见他有着一张清秀的象牙色的脸，轮廓分明，长长的眼睛，有一种迷惘的做梦的神气。江玫想：这人虽然抬起头来，但是一定没有看见我。不知为什么，这个念头，使她觉得很遗憾。

晚上，江玫躺在床上，久久不能入睡。许多片段在她脑中闪过。她想着母亲，那和她相依为命的老母亲，这一生欢乐是多么少。好像有什么隐秘的悲哀在过早地染白她那一头丰盛的头发。她非常嫌恶那些做官的和有钱的人，江玫也从她那里承袭了一种清高的气息，那与世隔绝的清高。江玫想想，忽然好笑了起来。

江玫自己知道，觉得那种清高好笑是因为想到肖素的缘故。肖素是江玫这一学期的新同屋。同屋不久，可是两人已经成为很要好的朋友。肖素说江玫像是从另一个世界来的，清高这个词儿也是肖素说的，她还说："当然，这也有好处也有不好处。"这些，江玫并不完全了解。只不知为什么，乱七八糟的一些片段都在脑海中浮现出来。

这屋子多么空！肖素还不回来。江玫很想看见她那白中透红的胖胖的面孔，她总是给人安慰、知识和力量。学物理的人总是聪明的，而且她已经四年级了，江玫想。但是在肖素身上，好像还不只是学物理和上到大学四年级，她还有着更丰富的东西，江玫还想不出是什么。

正乱想着，肖素推门进来了。

"哦！小鸟儿！还没有睡！"小鸟儿是肖素给江玫起的绰号。

"睡不着。真希望你快点回来。"

"为什么睡不着？"肖素带回来一个大萝卜，切了一片给江玫。

"等着吃萝卜，——还等着你给讲点什么。"江玫望着肖素坦白率真的脸，又想起了母亲。上礼拜她带肖素回家去，母亲真喜欢肖素，要江玫多听肖姐姐的话。

"我会讲什么？你是幼稚园？要听故事？唉，给你本小书看看。"江玫接过那本小书，书面上写着"方生未死之间"。

两人静静地读起书来了。这本书很快就把江玫带进了一个新的天地。它描写着中国人民受的苦难，在血和泪中，大家在为一种新的生活——真正的丰衣足食，真正的自由——奋斗，这种生活，是大家所需要的。

"大家？——"江玫把书抱在胸前，沉思起来。江玫的二十年的日子，可以说全是在那粉红色的夹竹桃后面度过的。但她和母亲一样，憎恶权势，憎恶金钱。母亲有时会流着泪说："大家都该过好日子，谁也不该屈死。"母亲的"大家"在这本小书里具体化了。是的，要为了大家。

"肖素，"江玫靠在枕上说，"我这简单的人，有时也曾想过人活着是为了什么，但想不通。你和你的书使我明白了一些道理。"

"你还会明白得更多。"肖素热切地望着她。"你真善良——你让我忘记刚才的一场气了，刚刚我为我们班上的齐虹真发火——"

"齐虹？他是谁？"

"就是那个常去弹琴，老像在做梦似的那个齐虹，真是自私自利的人，什么都不能让他关心。"

肖素又拿起书来看了。

江玫也拿起书来，但她觉得那清秀的象牙色的脸，不时在她眼前晃动。

雪不再下了。坚硬的冰已经逐渐变软。江玫身上的黑皮大衣换成了灰呢子的，配上她习惯用的红色的围巾，洋溢着春天的气息。她跟着肖素，生活渐渐忙起来。她参加了"大家唱"歌咏团和"新诗社"。她多么喜欢那"你来我来他来她来大家一齐来唱歌"的热情的声音，她因为《黄河大合唱》刚开始时万马奔腾的鼓声兴奋得透不过气来。她读着艾青、田间的诗，自己也悄悄写着什么"飞翔，飞翔，飞向自由的地方"的句子。"小鸟儿"成了大家对她的爱称。她和肖素也更接近，每天早上一醒来，先要叫一声"素姐"。

她还是天天去弹琴，天天碰见齐虹，可是从没有说过话。本来总在那短松夹道的路上碰见他，后来常在楼梯上碰见他，后来江玫弹完了琴出来时，总看见他站在楼梯栏杆旁，仿佛站了很久了似的，脸上的神气总是那样漠然。

有一天天气暖洋洋的，微风吹来，丝毫不觉得冷，确实是春天来了。江玫在练琴室里练习贝多芬的《月光曲》，总弹也弹不会，老要出错，心里烦躁起来，没到时间就不弹了。她走出琴室，一眼就看见齐虹站在那里。他的神色非常柔和，劈头就问：

"怎么不弹了？"

"弹不会。"江玫多少带了几分诧异。

"你大概太注意手指的动作了。不要多想它，只记着调子，自然会弹出来。"

他在钢琴旁边坐下了，冰冷的琴键在他的弹奏下发出了那样柔软热情的声音。换上别的人，脸上一定会带上一种迷醉的表情，可是齐虹神采飞扬，目光清澈，仿佛现实这时才在他眼前打开似的。

"这是怎么样的人？"江玫问着自己，"学物理，弹一手好钢琴，那神色多么奇怪。"

齐虹停住了，站起来，看着倚在琴边的江玫，微微一笑。

"你没有听？"

"不，我听了。"江玫分辩道，"我在想——"想什么，她自己也不知道。

"我送你回去，好吗?"

"你不练琴?"

"不想练。你看天气多么好!"

就这样，他们开始了第一次的散步，就这样，他们散步，散步，看到迎春花染黄了柔软的嫩枝，看到亭亭的荷叶铺满了池塘。他们曾迷失在荷花清远的微香里，也曾迷失在桂花浓郁的甜香里，然后又是雪花飞舞的冬天。哦! 那雪花，那阴暗的下雪天! ——

齐虹送她回去，一路上谈着音乐，齐虹说: "我真喜欢贝多芬，他真伟大，丰富，又那样朴实。每一个音符上都充满了诗意。"

江玫懂得他的"诗意"含有一种广义的意思。她的眼睛很快地表露了她这种懂得。

齐虹接着说: "你也是喜欢贝多芬的。不是吗? 据说肖邦最不喜欢贝多芬，简直不能容忍他的音乐。"

"可我也喜欢肖邦。"江玫说。

"我也喜欢。那甜蜜的忧愁——人和人之间是有很多相同的也有很多不同的东西——"那漠然的表情又来到他的脸上。"物理和音乐能把我带到一个真正的世界去，科学的、美的世界，不像咱们活着的这个世界，这样空虚，这样紊乱，这样丑恶!"

他送她到西楼，冷淡地点了点头就离开了，根本没有问她的姓名。江玫又一次感到有些遗憾。

晚上，江玫从图书馆里出来，在月光中走回宿舍。身后有一个声音轻轻唤她: "江玫!"

"哦! 是齐虹。"她回头看见那修长的身影。

"你怎么知道我的名字?"齐虹问。月光照出他脸上热切的神气。

"你怎么知道我的名字?"江玫反问。她觉得自己好像认识齐虹很久了,齐虹的问题可以不必回答。

"我生来就知道。"齐虹轻轻地说。

两人都不再说话。月光把他们的影子投在地上。

以后,江玫出来时,只要是一个人,就总会听到温柔的一声"江玫"。他们愈来愈熟。不知从什么时候起,从图书馆到西楼的路就无限度地延长了。走啊,走啊,总是走不到宿舍。江玫并不追究路为什么这样长,她甚至希望路更长一些,好让她和齐虹无止境地谈着贝多芬和肖邦,谈着苏东坡和李商隐,谈着济慈和勃朗宁。他们都很喜欢苏东坡的那首《江城子》:"十年生死两茫茫,不思量,自难忘,千里孤坟、无处话凄凉。"他们幻想着十年的时间会在他们身上留下怎样的痕迹。他们谈时间,空间,也谈论人生的道理——

齐虹说:"人活着就是为了自由。自由,这两个字实在好极了。自就是自己,自由就是什么都由自己,自己爱做什么就做什么。这解释好吗?"

他的语气有些像开玩笑,其实他是认真的。

"可是我在书里看见,认识必然才是自由。"江玫那几天正在看《大众哲学》。"人也不能只为自己,一个人怎么活?"

"呀!"齐虹笑道,"我倒忘了,你的同屋就是肖素。"

"我们非常要好。"

因为看到路旁的榆叶梅,齐虹说用热闹两字形容这种花最好,江玫很赞赏这两个字,就把自由问题搁下了。

江玫隐约觉得，在某些方面，她和齐虹的看法永远也不会一致。可是她并没有去多想这个，她只喜欢和他在一起，遏止不住地愿意和他在一起。

一个礼拜天，江玫第一次没有回家。她和齐虹商量好去颐和园。春天的颐和园真是花团锦簇，充满了生命的气息。来往的人都脱去了臃肿的冬装，显得那样轻盈可爱。江玫和齐虹沿着昆明湖畔向南走去，那边简直没有什么人，只有和暖的春风和他们做伴。绿得发亮的垂柳直向他们摆手。他们一路赞叹着春天，赞叹着生命，走到玉带桥旁。

"这水多么清澈，多么丰满啊。"江玫满心欢喜地向桥洞下面跑去。她笑着想要摸一摸那湖水。齐虹几步就追上了她，正好在最低的一层石阶上把她抱住。

"你呀！你再走一步就掉到水里去了！"齐虹掠着她额前的短发，"我救了你的命，知道吗？小姑娘，你是我的。"

"我是你的。"江玫觉得世界上什么都不存在了。她靠在齐虹胸前，觉得这样撼人的幸福渗透了他们。在她灵魂深处汹涌起伏着潮水似的柔情，把她和齐虹一起融化。

齐虹抬起了她的脸："你哭了？"

"是的。我不知为什么，为什么这样感动——"

齐虹也感动地望着她，在清澈的丰满的春天的水面上，映出了一双倒影。

齐虹喃喃地说："我第一次看见你，就是那个下雪天，你记得么？我看见了你，当时就下了决心，一定要永远和你在一起，就像你头上的那两粒红豆，永远在一起，就像你那长长的双眉和你那双会笑的眼睛，永远在一起。"

"我还以为你没有看见我——"

"谁能不看见你！你像太阳一样发着光，谁能不看见你！"齐虹的语气是这样热烈，他的脸上真的散发出温暖的光辉。

他们循着没有人迹的长堤走去，因为没有别人而感到自由和高兴。江玫抬起她那双会笑的眼睛，悄声说："齐虹，咱们最好去住在一个没有人的岛上，四面是茫茫的大海，只有你是唯一的人——"

齐虹快乐地喊了一声，用手围住她的腰。"那我真愿意！我恨人类！只除了你！"

对于江玫来说，正是由于深切的爱，才想到这样的念头，她不懂齐虹为什么要联想到恨，未免有些诧异地望着他。她在齐虹光亮的眼睛里感到了热情，但在热情后面却有一些冰冷的东西，使她发抖。

齐虹注意到她的神色，改了话题："冷吗？我的小姑娘？"

"我只是奇怪，你怎么能恨——"

"你甜蜜的爱，就是珍宝，我不屑把处境和帝王对调。"齐虹顺口念着莎士比亚的两句诗，他确是真心的。可是江玫听来，觉得他对那两句诗的情感，更多于对她自己。她并没有多计较，只说是真有些冷，柔顺地在他手臂中，靠得更紧一些。

江玫的温柔的衰弱的母亲不大喜欢齐虹。江玫问她："他怎么不好？他哪里不好？"母亲忧愁地微笑着，说他是聪明极了，也称得起漂亮，但作为一个人，他似乎少些什么，究竟少些什么，母亲也说不出。在江玫充满爱情的心灵里，本来有着一个奇怪的空隙，这是任何在恋爱中的女孩子所不会感到的。而在江玫，这空隙是那样尖锐，那样明显，使她在夜里痛苦得不能入睡。她想马上看见他，听他不断地诉说他的爱情。但那空隙，是无论怎样的诉说也填不满的罢。母亲的话更增加了江玫心上的阴影。更何况还有肖素。

红五月里，真是热闹非凡。每天晚上都有晚会。五月五日，是诗歌朗诵会。最后一个朗读节目是艾青的《火把》。江玫担任其中的唐尼。她本来是再也不肯去朗诵诗的，她正好是属于一听朗诵诗就浑身起鸡皮疙瘩的那种人。肖素只问了她两句话："喜欢这首诗不？""喜欢。""愿意多有一些人知道它不？""愿意。""那好了。你去念罢。"江玫拂不过她，最后还是站到台上来了。她听到自己清越的声音飘在黑压压的人群上，又落在他们心里。她觉得自己就是举着火把游行的唐尼，感觉到了一种完全新的东西、陌生的东西。而肖素正像是指导着唐尼的李茵。她愈念愈激动，脸上泛着红晕。她觉得自己在和上千的人共同呼吸，自己的情感和上千的人一同起落。"黑夜从这里逃遁了，哭泣在遥远的荒原。"那雄壮的齐诵好像是一种无穷的力量，推着她，使她想要奔跑，奔跑——

回到房间里，她对肖素说："我今天忽然懂得了大伙儿在一起的意思，那就是大家有一样的认识，一样的希望，爱同样的东西，也恨同样的东西。"

肖素直看着她，问道："你和齐虹有一样的认识，一样的期望么？"江玫很怪肖素这时提到齐虹，打断了她那些体会，她那双会笑的眼睛严肃起来："我真不知道怎样告诉你，我和齐虹，照我看，有很多地方，是永远也不会一致的。"

肖素也严肃地说："本来是不会一致。小鸟儿，你是一个好女孩子，虽然天地窄小，却纯洁善良。齐虹憎恨人，他认为无论什么人彼此都是互相利用。他有的是疯狂的占有的爱，事实上他爱的还是自己。我和他已经同学四年——"

"你怎么能这样说他！我爱他！我告诉你我爱他！"江玫早忘了她和齐虹之间的分歧，觉得有一团火在胸中烧，她斩钉截铁地说，砰的一声关上房门，到走廊里去了。

"回来！回来。"第一声是严厉的，第二声是温柔的。肖素打开房门，看见她站在走廊里，眼睛像星星般亮。"你这礼拜天回家吗？有点儿事要你做。"

江玫是从不拒绝肖素的任何要求的。她隐约觉得肖素正在为一个伟大的事业做着工作，肖素的生活是和千百万人联系在一起的，非常炽热，似乎连石头也能温暖。她望着肖素，慢慢走了回来。

"什么事？交给我办好了。"

"你不回家吗？"

"原来想回去看看。听说面粉已经涨到三百万一袋了。前几天大公报登了几首小诗，有一点稿费，想去送给母亲。"江玫一下子觉得疲倦得要命，坐在椅子上。

肖素本来想说"不食人间烟火的江玫也知道关心物价了"，又一想，就没有说。只说：

"这里有几篇壁报稿子，礼拜一要出，你来把它们修改一遍，文字上弄通顺些，抄写清楚。我明天进城，可以把钱送给伯母。"她把稿子递给江玫，关心地看着她，说："过两天，咱们还要好好谈一谈。"

礼拜天，江玫吃过早饭就坐在桌旁看那些稿子。为什么这些短短的、文字并不怎么通顺的文章这样有说服力？要民主反饥饿，像钟声一样在江玫耳边敲着。参加新诗朗诵会的兴奋心情又升起来了。《火把》中的唐尼的形象仿佛正站在窗帘上。

有人敲门。

"江玫!"是齐虹的声音。

江玫转过头去，正是齐虹站在门口，一脸温柔的笑意，在看着江玫。

"哦! 你来了!"

"昨天晚上到你家里去了，伯母说你没有回来。我连家也没有回，就回学校来了。"他走上来握住江玫的手。

一提起齐虹的家，江玫眼前就浮现出富丽堂皇的大厅，老银行家在数着银元，叮叮当当响，这和江玫手上的那些文章很不调和。甚至齐虹，这温文尔雅的齐虹，也和它们很不调和，但江玫看见他，还是很高兴的。

"在干什么? 要出壁报么? 听说你还朗诵诗? 你怎么? 也参加民主运动了? 我的女诗人!"

江玫不太喜欢他那说话的语气，颔首要他坐下。

"我是来找你出去玩的。你看天气多么好! 转眼就是夏天了。我来接你到'绝域'去做春季大扫除。"

"绝域"是他们两个都喜欢的一个童话"潘波得"中的神仙领域。他们的爱情就建筑在这些并不存在的童话，终究要萎谢的花朵，要散的云，会缺的月上面。

"今天不行呀，齐虹。"江玫抱歉地说。她抽回了自己的手，理了理放在桌上的稿子，"肖素要我——"

"肖素! 又是肖素! 你怎么这么听她的话!"齐虹不耐烦地说。

"她的话对嘛!"

"可是你知道我多么想和你在一起，去听那新生的小蝉的叫唤，去看那新长出来的小小的荷叶——我想要怎样，就要做到！"齐虹脸上温柔的笑意不见了，好像江玫是他的一本书，或者一件仪器。

江玫惊诧地望着他。

"也许，你还会去参加游行罢！你真傻透了！就知道一个肖素！"愤怒的阴云使他的脸变得很凶恶。但他马上又换上一副温和的腔调："跟我去吧，我的小姑娘。"

江玫咬着自己的嘴唇，几乎咬出血来。

门外有人叫："小鸟儿！江玫！快来看看这幅漫画，合适不合适。"

江玫想要出去。齐虹却站在桌前不放她走。江玫绕到桌子这边，齐虹也绕了过来，照旧拦住她。江玫又急又气，怎么推他也推不动，不一会儿，江玫的头发散乱，那红豆发夹落在地上，马上就被齐虹那穿着两色镶皮鞋的脚踩碎了，满地散着黑白两色的小珠。江玫觉得自己整个的灵魂正像那个发夹一样给压碎了。她再没有一点力气，屈辱地伏在桌上哭起来。

齐虹需要的正是这样的哭泣。他捡起那两粒红豆，极其体贴地抚着她的肩："原谅我，原谅我！我太任性，我只是说不出的要和你在一起，我需要你——"

"别哭了，别哭了，我的小姑娘。"齐虹真的着急起来，"我再也不惹你生气了，再也不——再也不——"

江玫觉得这一切真没意思。她很快就抬起头来，擦干了眼泪。她看出来壁报是编不成了，但她也下定决心不跟他出去。只呆呆地坐着，望着窗外。

"好了，好了，不要生气。我来做个盒子把这两粒红豆装起来吧。做个纪念，以后绝不会再惹你。咱们该把这两粒红豆藏在哪儿？"

以后，这两粒红豆就被装在一个精致的盒子里面，放在耶稣像后面的小洞里了。那小洞是齐虹偶然发现的。江玫睡在床上看见耶稣的像，总觉得他太累，因为他负荷着那么多人世间的痛苦。

这一次争吵以后，齐虹和江玫并不是再也不，而是把争吵、哭泣，变成了他们爱情中的一部分。他们每次见面总有一阵风波，有时大有时小，但如有一天不见面，不看到听到对方的音容笑貌，在他们却又是受不了的事。他们的爱情正像鸦片烟一样，使人不幸，而又断绝不了。江玫一天天地消瘦了，苍白了，母亲望着她忍不住哭。齐虹脸上那种漠不关心的神气消失了，换上的是提心吊胆的急躁和忧愁。因为他对人生不信任，他对爱情也不信任，他监视着爱情，监视着幸福，监视着江玫——

就在这个时候，江玫也一天天明白了许多事。她知道少数人剥削多数人的制度该被打倒。她那善良的少女的心，希望大家都过好的生活。而且物价的飞涨正影响着江玫那平静温暖的小天地。母亲存着一些积蓄的那家银行忽然关了门。江玫和母亲一下子变成舅舅的负担了。江玫是决不愿意成为别人的负担的。她渴望着新的生活，新的社会秩序。共产党在她心里，已经成为一盏导向幸福自由的灯，灯光虽还模糊，但毕竟是看得见的了。

也就在这时候，江玫的母亲原有的贫血症愈来愈严重，医生说必须加紧治疗，每天注射肝精针，再拖下去的话，后果不堪设想。但是这一笔医药费用筹办起来谈何容易！舅舅已经是自顾不暇了，难道还去麻烦他？本来和齐虹一提也可以，但是江玫决不愿求他。江玫只自己发愁,夜里直睡不着觉。

肖素很快就看出来江玫有心事。一盘问,江玫就一五一十告诉了她。

"那可不能拖下去。"肖素立刻说,她那白白的脸上的神色总是那样果断。"我输血给她!小鸟儿,你看,我这样胖!"她含笑弯起了手臂。

江玫感动地抱住了她:"不行,肖素。你和我的血型一样,和母亲不一样,不能输血。"

"那怎么办?我们总得想办法去筹一笔款子。"

第三天晚上,肖素兴高采烈地冲进房间。一进来就喊:"江玫!快看!"江玫吃惊地看她,她大笑着,扬起了一沓钞票。

"素!哪里来的?你怎么这样有本事?"江玫也笑了,笑得那样放心。这种笑,是齐虹极想要听而听不到的。

"你别管,明天快拿去给伯母治病吧。"肖素眨眨眼睛,故作神秘地说。

"非要知道不可!不然我不安心!"

"别说了。我要睡觉了。"肖素笑过了,一下子显得很是疲倦。她脱去了朴素的蓝外套,只穿着短袖竹布旗袍,坐在床边上。

江玫上下打量她,忽然看见她的臂弯里贴着一块橡皮膏。江玫过去拉起她的手,看看橡皮膏,又看看她的脸。

"有什么好打量的?"肖素微笑着抽回了手,盖上了被。

"你——抽了血?"

肖素满不在乎的:"我卖了血。不只我一个人,还有几个伙伴。"

人常常会在一刹那间,也许只是因为一个眼神一个手势,伤透了心，破坏了友谊。人也常常会在一刹那间，也许就因为手臂上的一点针孔，建立了生死不渝的感情。江玫这时什么话也说不出来。她一下子跪在床边，用两只手遮住了脸。

礼拜六，江玫一定要肖素自己送钱去给母亲。肖素答应了和江玫一道回家，江玫也答应了肖素不告诉母亲钱的来源。两人欢欢喜喜回家去了。到了家，江玫才发现母亲已经病倒在床，这几天饭都是舅母那边送过来的。她站在衰老病弱的母亲床边，一阵心酸，眼泪夺眶而出。肖素也拿出了手绢。但她不只是看见这一位母亲躺在床上，她还看见千百万个母亲形销骨立心神破碎地被压倒在地下。

这一晚，两人自己做了面，端在母亲床边一同吃了。母亲因为高兴，精神也好了起来。她吃过了面，笑着问："我真是病得老了，今天你舅母来，问我有火没有，我听成有狗没有。直告诉她从前咱们养了一只狗，名叫斐斐——"肖素和江玫听了笑得不得了。江玫正笑着，想起了齐虹。她想：这种生活和感情是齐虹永远不会懂的。她也没有一点告诉给他的欲望。

六月，反对美国扶植日本的运动达到了高潮。江玫比以前更关心当前的政治局势。她感到美国正在筹谋着什么坏主意。很明显，扶植压迫中国人民八年之久的日本，在每一个中国人心上都会引起抑制不住的愤怒。

有一天，肖素和江玫坐在窗前，读着当时美驻华大使司徒雷登在报上发表的声明，一面读一面生气。声明中说："如使日人成为饥饿不安之人民，则日人亦将续为和平之威胁，此种情形适为共产主义所需。如吾人诚意为一般之利益计，必须消灭鼓励共产主义之因素。"这很可以看清楚美国的目的究竟何在了。读完报纸，江玫愤愤地说：

"要不要共产主义，是我们自己的事！"

肖素微笑道："你知道共产主义是什么？"

江玫坦率地说："我不知道。不过我想那种生活总不会比现在坏。那时的人，都像你一样——"

肖素又笑道："现在哪里不够好？你吃着大米饭，穿的花布旗袍，还坏么？"

江玫倚在肖素身上，一面想，一面说："这个人吃人的社会，不只在物质上，也在精神上。"她出了一会儿神，又说："肖素，要知道，我是多么寂寞呵。"

肖素抚着她的肩，说："人生的道路，本来不是平坦的。要和坏人斗争，也要和自己斗争——"以后江玫在最困难的时候，总会想起这几句话。

六月九日，北京学生举行反美扶日大游行，江玫也参加了。

那天早上，窗外还黑得像老鸦的翅膀，江玫就起来收拾医药包，她是救护队的。她看看肖素空了一夜的床，又看看救护包上的红十字，心想肖素这一夜不知忙得怎样了，也许今天就会用这包里的绷带纱布来救护她吧。不知为什么，江玫特别为肖素和几个社团里的同学担心，江玫摸摸碘酒和红药水的药瓶，心中又兴奋，又不安。

"小鸟儿快走呀！"同学在门外叫起来了。

她们跑到操场上，夏天的太阳刚在东柳村那边村庄的屋顶上射出一片红光。肖素正在人丛里，她分明是一夜没有睡，胖胖的面庞有些苍白，但精神还是那样好。她看见江玫和同学们跑来，脸上闪过一个嘉许的微笑。

"江玫!"

"肖素!"江玫悄悄地塞给她一个大苹果,那是齐虹昨天送来的。对于齐虹不断向西楼运来的各式各样的礼物,江玫只偶尔接受一点水果和糖食。

长长的队伍出发了,举着各种标语,沉默地走在郊外的大道上,愈走天愈亮,愈走路愈分明,一个男同学问江玫:"药包重吗?我代你拿。"江玫微笑,说:"一个兵士的枪,能让人家代他背着吗?"那男同学也微笑,看着她穿着白衬衫蓝长裤红背心的雄赳赳的样子,问:"你永远都要做一个兵?"江玫严肃地睁大眼睛,略想了一想,她回答:"是的,永远。"

队伍七点钟就到了西直门,可是城门关了,进不去。人群中有人喊着:"不开城门,决不回校!"有的喊着:"大家冲呵,冲进去!"一时群情激昂,人声嘈杂,那些标语牌子忽高忽低地起伏着。肖素在队伍里跑来跑去叫着:"别嚷!别乱!已经去交涉了。"江玫忽然很希望自己是一个手执拂尘的仙女,用拂尘一指,城门马上便开——自己这样想想,又觉得好笑,还是等肖素他们交涉,肖素比仙女有用得多。

果然到九点钟时,城门开了,队伍涌进城去,正遇到城里几个大学的同学拥在门前迎接他们。"同学们,你好!""兄弟们,你好!"热情的呼声,此起彼落,江玫觉得泪水已冲到了眼睛里,她连忙低下头,看着自己的鞋尖。

游行开始了,大家一步步地走着,一声声地喊着。"反对美国扶植日本!""要自由!""要独立!"口号像炸弹一样在空中炸了开来,路旁有些军警脸上带了惊慌的神色,江玫几乎来不及想喊了什么，只觉得每一步路每一声喊都使大家更接近光明——

队伍走过了西四西单天安门，绕南池子到北京大学的民主广场。走过天安门的时候，江玫望着那雄伟的建筑，心里升起一种怜悯而又惭愧的心情。天安门在不肖的子孙手里，蒙受了多少耻辱。江玫觉得那剥落的红墙也在盼望着：新的社会快点来，让中华民族站起来，让天安门也站起来！

在民主广场举行了群众大会，有几个教授讲演。也许是累了，也许是别的原因，江玫觉得思想很不集中，那种兴奋和激动已经过去了。她惦记着那黄昏笼罩了的初夏的校园，惦记着自己住的西楼，说得更确切些，她是惦记着那在西楼窗下徘徊的那个年轻人。天知道他会急成什么样子，会发多么大的脾气，会做出怎样的事来！她把肩上挎的药包紧了一紧，感觉到一阵头昏。

肖素走过来，低声问："你不舒服吗？"

"没有，一点儿都没有！"江玫连忙振起了精神。自己暗暗责骂自己，在这样的场合，偏会想到他！

大队回到学校时，灯光已经缀满校园。江玫回到房间里，两腿再也抬不起来，像是绑上了两块大石头。这时有人敲门，江玫心中一紧，感到一场风暴就要发生了，她靠在床栏杆上，默默地啜着热水。门开了，进来的是老赵。他的眉头皱得打了结，手里拿着一个破碎的糖盒子，往桌上一放说：

"哎哟江小姐！可真不得了啦！我活了这么大年纪也没见过脾气这么火爆的人！你们这位齐先生别是用公鸡血喂大的吧？他要死了，准得下冰冻地狱把人镇凉了才行，要不然连阎王殿都给烧啦！"

"什么'你们齐先生'！别这么说。他怎么了？你快说呀。"江玫放下了手中的杯子。

"今儿个下午他来找您，我说江小姐游行去了。他一听，就把他带来的这盒糖扔到大门外台阶上了，像是扔球似的！盒子破了，糖都滚了出来，我看这盒糖呀，值一袋面的钱，心里怪舍不得，我说，'齐先生，江小姐不在，你给东西留下得了，干吗发这么大的火呀？'他一听更急了，一张脸煞红煞白，抄起门房的一个茶杯就摔在玻璃窗上，哗啦！你瞧瞧这满地的玻璃碴子！我看他是有点儿疯病！摔完了拔腿就走，还扔在台阶上三百万的票子，那是让我们修玻璃买茶杯？您说是不是？"

"别说了。"江玫无力地挥手，"就补块玻璃买个茶杯吧。"

"这糖，我看怪可惜了儿的，给您捡了来了。"

"你带回家去，那不是我的，我不要。"

这时肖素已经进来了，把这一段话都听了去。她一回来就洗脸洗脚，都收拾好了就伏在桌上写什么。而江玫还靠在床栏杆上，一动也不动。

肖素停下笔来："你干什么？小鸟儿！你这样会毁了自己的。看出来了没有？齐虹的灵魂深处是自私残暴和野蛮，干吗要折磨自己？结束了吧，你那爱情！真的到我们中间来，我们都欢迎你，爱你——"肖素走过来，用两臂围着江玫的肩。

"可是，齐虹——"江玫没有完全明白肖素在说什么。

"什么齐虹！忘掉他！"肖素几乎是生气地喊了起来，"你是个好孩子，好心肠，又聪明能干，可是这爱情会毒死你！忘掉他！答应我！小鸟儿。"

江玫还从没有想到要忘掉齐虹。他不知怎么就闯入了她的生命，她也永不会知道该如何把他赶出去。她迟钝地说："忘掉他——忘掉他——我死了，就自然会忘掉。"

肖素真生她的气："怎么这样说话！好好儿要说到死！我可想活呢，而且要活得有价值！"她说着，颜色有些凄然。

"怎么了？素姐！"细心而体贴的江玫一眼就看出有什么不平常的事。对肖素的关心一下子把自己的痛苦冲了开去。

肖素望着窗外，想了一会儿，说："危险得很。小鸟儿。我离开你以后，你还是要走我们的路，是不是？千万不要跟着齐虹走，他真会毁了你的。"

"离开？"江玫一把抱住了肖素。"离开我？为什么！我要跟你在一起！"

"我要毕业了呀，家里要我回湖南去教书。"肖素似真似假地回答。她是湖南人，父亲是个中学教员。

"毕业？"

"是毕业呀。"

可是肖素并没有能毕业，当然也没有回湖南去教书。她去参加毕业考试的最后一项科目，就没有回来。

同学们跑来告诉江玫时，江玫正在为"英国小说选"这一门课写读书报告，读的书是英国女作家艾米莱·勃朗特的《呼啸山庄》。江玫和齐虹常常谈论这本书。齐虹对这本书有那么多精辟的见解，了解得那样透彻，他真该是最懂得人生、最热爱人生的，但是竟不然——

肖素被捕的消息一下子就把江玫从《呼啸山庄》里拉出来了。江玫跳起来夺门而出，不顾那精心写作的读书报告撒得满地。好些同学跟她一起跑出了西楼，一直跑到学校门口，只看见一条笔直的马路，空荡荡的，望不到头。路边的洋槐发散着淡淡的香气。

江玫手扶着一棵洋槐树，连声问："在哪儿？在哪儿？"一个同学痛心地说："早装上闷子车，这会子到了警察局了。"江玫觉得天旋地转，两腿再没有一点力气，一下子就坐在地上了。大家都拥上来看她，有的同学过来搀扶她。

"你怎么了？"

"打起精神来，江玫！"

大家喊喊喳喳在说着。是谁愤愤的声音特别响："流血，流泪，逮捕，更叫人睁开了眼睛！"

"是呀！"江玫心里说，"逮走一个肖素，会让更多的人都长成肖素。"江玫弄不清楚人群怎样就散开了，而自己却靠在齐虹的手臂上，缓缓走着。

齐虹对她说："我们系里那些进步同学嚷嚷着江玫晕倒了，我就明白是为了那肖素的缘故，连忙赶来。"

"对了。你们不是一起考理论物理吗？听说她是在课堂上被抓走的。"江玫这时多么希望谈谈肖素。

"是在考试时被抓走的。你看，干那些民主活动，有什么好下场！你还要跟着她跑！我劝你多少次——"

"什么！你说什么！"江玫叫了起来，她那会笑的眼睛射出了火光。"你！你真是没有心肝！"她把齐虹扶着她的手臂用力一推，自己向宿舍跑去了。跑得那么快，好像后面有什么妖魔鬼怪在追着她。

她好容易跑到自己房间，一下子扑在床上，半天喘不过气来。这时齐虹的手又轻轻放在她肩上了。齐虹非常吃惊，他不懂江玫为什么会发这么大的脾气，他曲着一膝伏在床前说：

"我又惹了你吗？玫！我不过忌妒着肖素罢了，你太关心她了。你把我放在什么地方？我常常恨她，真的，我觉得就是她在分开咱们俩——"

"不是她分开我们，是我们自己的道路不一样。"江玫抽咽着说。

"什么？为什么不一样？我们有些看法不同，我们常常打架，我的脾气，确实不好。不过，那有什么关系，反正我只知道，没有你就不行。我还没有告诉你，玫，我家里因为近来局势紧张，预备搬到美国去，他们要我也到美国去留学。"

"你！到美国去？"江玫猛然坐了起来。

"是的。还有你，玫。我已经和父亲说到了你，虽然你从来都拒绝到我家里去，他们对你都很熟悉。我常给他们看你的相片。"齐虹得意地拿出他随身携带的小皮夹子，那里面装着江玫的一张照片，是齐虹从她家里偷去的。那是江玫十七岁时照的，一双弯弯的充满了笑意的眼睛，还有那深色的嘴唇微微翘起，像是在和谁赌气。"我对他们说，你是一首最美的诗，一支最美的乐曲——"若说起赞美江玫的话来，那是谁也比不上齐虹的。

"不要说了。"江玫辛酸地止住了他，"不管是什么，可不能把你留在你的祖国呵。"

"可是你是要和我一块儿去的，玫，我可以接着念大学，我们要永远在一起，没有任何东西能分开我们。"

"不要说了，不要说了。"这是江玫唯一能说的话。

心上的重压逼得江玫走投无路。她真怕看肖素留下的那张空床，那白被单刺得她眼睛发痛。没有到礼拜六，她就回家去了。那晚正停电，母亲坐在摇曳的烛光下面缝着什么，在阴影里，她显得那样苍老而且衰弱，江玫心里一阵发痛，无声地唤着"心爱的母亲，可怜的母亲"，眼泪不由自主地流了下来。

"玫儿！"母亲丢了手中的活计。

"妈妈！肖素被捉走了。"

"她被捉走了？"母亲对女儿的好朋友是熟悉的。她也深深爱着那坦率纯朴的姑娘，但她对这个消息竟有些漠然，她好像没有知觉似的沉默着，坐在阴影里。

"肖素被捉走了。"江玫又重复了一遍。她眼前仿佛看见一个殷红的圆圆的面孔。

"早想得到呵。"母亲喃喃地说。

江玫把手中的书包扔到桌上，跑过来抱住母亲的两腿。"您知道？"

"我不知道但我想得到。"母亲叹了一口气，用她枯瘦的手遮住自己的脸，停了一下，才说："我一直没有告诉你。我想着，没有父亲的日子，对我的小女儿来说，已经够受的了，怎能再加上别的缘故，让你的日子更沉重。——要知道你的父亲，十五年前，也是这样不明不白地就再没有回来。他从来也没有害过什么肠炎胃炎，只是那些人说他思想有毛病。他脾气倔，不会应酬人，还有些别的什么道理，我不懂，说不明白。他反正没有杀人放火，可我们就这样糊里糊涂地再也看不见他了——"母亲说着，失声痛哭起来。

原来父亲并不是死于什么肠炎！无怪母亲常常说不该有一个人屈死。屈死！父亲正是屈死的！江玫几乎要叫出来。她也放声哭了，母亲抚着她的头，眼泪浇湿了她的头发……

从父亲死后，江玫只看见母亲无言流泪，还从没有看见她这样激动过。衰弱的母亲，心底埋藏了多少悲痛和仇恨！江玫觉得母亲的眼泪滴落在她头上，这眼泪使得她平静下来了。是的，难道还该要这屈死人的社会么？彷徨挣扎的痛苦离开了她，仿佛有一种大力量支持着她走自己选择的路。她把母亲粗糙的手搁在自己被泪水浸湿的脸颊上，低声唤着："父亲——我的父亲——"

门轻轻开了，烛光把齐虹的修长的影子投在墙上，母亲吃惊地转过头去。江玫知道是齐虹，仍埋着头不作声。齐虹应酬地唤了一声"伯母"，便对江玫说：

"你怎么今天回家来了？我到处找你找不着。"

江玫没有理他，抬头告诉母亲："他要到美国去。"

"是要和江玫一块儿去，伯母。"齐虹抢着加了一句。

"孩子，你会去吗？"母亲用颤抖的手摸着女儿的头。

"您说呢？妈妈！"江玫抱住母亲的双膝，抬起了满是泪痕的脸。

"我放心你。"

"您同意她去了？伯母？"人总是照自己所期待的那样理解别人的话，齐虹惊喜万分地走过来。

"母亲放心我自己做决定。她知道我不会去。"江玫站起来，直望着齐虹那张清秀的象牙色的脸。齐虹浑身上下都滴着水，好像他是游过一条大河来到她家似的。

可是齐虹自己一点不觉得淋湿了，他只看见江玫满脸泪痕，连忙拿出手帕来给她擦，一面说："咱们别再闹别扭了，玫，老打架，有什么意思？"

"是下雨了吗？"母亲包起她的活计，"你们商量吧，玫儿，记住你的父亲。"

"我不知道下雨了没有。"齐虹心不在焉地回答，他没有看见江玫的母亲已经走出房去，他的眼睛一刻都没有离开江玫。

江玫呆呆地瞪着他，尽他拭去了脸上的泪，叹了一口气，说：

"看来竟不能不分手了。我们的爱情还没有能让我们舍弃自己的一生。"

"我们一定会过得非常舒适而且快活——为什么提到舍弃，为什么提到分手？"齐虹狂热地吻着他最熟悉的那有着粉红色指甲的小手。

"那你留下来！"江玫还是呆呆地看着他。

"我留下来？我的小姑娘，要我跟着你满街贴标语，到处去游行么？我们是特殊的人，难道要我丢了我的物理、音乐，我的生活方式，跟着什么群众瞎跑一气，扔开智慧，去找愚蠢！傻心眼的小姑娘，你还根本不懂生活，你再长大一点，就不会这样天真了。"

"傻心眼？人总还是傻点好！"

"你一定得跟我走！"

"跟你走，什么都扔了。扔开我的祖国，我的道路，扔开我的母亲，还扔开我的父亲！"江玫的声音细若游丝，她自己都听不见自己在说什么。说到父亲两字，她的声音猛然大起来，自己也吃了一惊。

"可是你有我。玫！"齐虹用责备的语气说。他看见江玫眼睛里闪耀一种亮得奇怪的火光，不觉放松了江玫的手。紧接着一阵遏止不住的渴望和激怒，使他抓住了江玫的肩膀。他压低了声音，一字一字地说："我恨不得杀了你，把你装在棺材里带走。"

江玫回答说："我宁愿听说你死了，不愿知道你活得不像个人。"

　　风呼啸着，雨滴急速地落着。疾风骤雨，一阵比一阵紧，忽然哗啦一声响，是什么东西摔碎了。齐虹把江玫搂在胸前，借着闪电的惨白的光辉，看见窗外阶上的夹竹桃被风刮到了阶下。江玫心里又是一阵疼痛，她觉得自己的爱情，正像那粉碎了的花盆一样，像那被吹落的花朵一样，永远不能再重新完整起来，永远不能再重新开在枝头。

　　这种爱情，就像碎玻璃一样割着人。齐虹和江玫，虽然都把话说得那样决绝，却还是形影相随。花池畔，树林中，不断地增添着他们新的足迹。他们也还是不断地争吵，流泪。——

　　十月里东北局势紧张，解放军排山倒海地压来，解放了好几个城市。当时蒋介石提出的方针是："维持东北，确保华北，肃清华中。"虽然对华北是确保，但华北的"贵人"们还是纷纷南迁。齐虹的家在秋初就全部飞南京转沪赴美了，只有齐虹一个人留在北京。他告诉家里说论文还有点儿尾巴没写好，拿不到毕业文凭，而实际上，他还在等着江玫回心转意。他根本不相信江玫可能不跟他走。他，齐虹，这样的齐虹，又在发疯地爱着的齐虹！在那执拗的江玫面前，他不止一次想，若真能把她包扎起来带走该有多好！他脸上的神色愈来愈焦愁，紧张，眼神透露着一种凶恶。这些都常在黑夜里震荡着江玫的梦。

　　江玫的梦现在已不是那种透明的、颜色非常鲜亮的少女的梦了。局势的变化，肖素的被捕，齐虹的爱，以及她自己的复杂的感情，使她多懂了许多事。在抗议"七五"事件（国民党屠杀东北来的青年学生）的游行里，她已经不再当救护队，而打着"反剿民，要活命，要请愿"的大标语走在队伍的前列了。她领头喊着"为死者申冤,为生者请命"的口号,她奇怪自己的声音竟会这样响。她想到,在死者里面有她的父亲;在生者里面有母亲、肖素和她自己。她渴望着把青春贡献给为了整个人类解放的事业,她渴望着生活来一次翻天覆地的变动。

后来据肖素说,(肖素在解放后出狱,在广播电台做播音员,向全世界广播北京的声音)那时的地下组织原打算发展江玫参加地下民主青年联盟的,只是她和齐虹的感情,让人闹不清她究竟爱什么,憎恶什么,就搁下来了。江玫听说这话,只轻轻叹了口气。

一九四八年冬天,北京已经到了解放前夕。城里流传着这样的民谣:"家家挂红灯,迎接毛泽东。"最沉得住气的反动官员们、大亨们都纷纷逃走了。齐虹家里几乎是一天一封电报催他走,并且代他订了飞机座位。那时江玫的中心工作是和同学们一起讨论怎样应"变",宣传护校。她为即将来到的解放,感到兴奋,好像等待着一件期待已久的亲人的礼物,满怀着感情,幻想解放后的日子。而同时,她和齐虹那注定了的无可挽回的分别啃咬着她的心。她觉得自己的心一面在开着花,同时又在萎缩。

一天,齐虹进城去了,直到晚上还没有露面。江玫坐在图书馆里,一页书也没有看,进来一个人她就抬头,可是直到电灯开了,齐虹还是不见。她忽然想,很可能他已经走了。走了,永远再也见不到他了。可是江玫一定还要再看他一眼,最后一眼!"齐虹!齐虹!"江玫几乎要叫出来,叫得全图书馆都听见。她连忙紧咬着嘴唇,快步走出了图书馆。

那是那一年冬天的第一个下雪天。路上的雪还没有上冻,灯光照在雪花上,闪闪刺人的眼。江玫一直向北楼走去,她想看一看那正对着一棵白杨树梢的窗子，有没有灯光。那个房间她从没有去过，可是那窗口她却十分熟悉。齐虹常对她讲窗口的白杨树叶的沙沙声怎样伴着他度过多少不眠的夜。透过飞舞着的迷乱的雪花，她一下子就找到那棵白杨树，而那白杨树梢的窗口，漆黑一片，没有灯光。

江玫的心沉了下去。她两腿发软，站在北楼前，一动不动。

也许他从城里回来太累，已经去睡了？也许他还没有回来？江玫快步走进了北楼，走到齐虹的房间，她敲门又推门，门是锁着的。

"难道再见不着他了？真见不着他了？"江玫走出北楼，心里在大声哭泣。她完全没有看见新诗社的一个同学从她身边走过，也没有听见人家在唤着"小鸟儿"。

好容易走到西楼，江玫真是一点力气都没有了。她想找个地方靠一靠再上楼，一眼看见自己房间里有灯光。那房间，自从肖素被抓去以后，是那样空，那样冷，晚上进去总是黑洞洞的。这时竟点着灯，这灯光温暖了江玫，她三步两步跑上去，在门外就叫着"虹!"

果然是齐虹在房间里等她，满脸的焦急使他看上去苍老了许多。他一看见江玫，连忙迎上来握着她的手，疲倦地、也多少有些安心地说："你到底回来了！我以为我再也见不着你了。"

江玫没有回答。她怕自己会把刚才那一番焦急向他倾吐，会让他明白她多离不开他。而他却就要走了，永远地走了。

"明天一早的飞机，今晚就要去机场。"齐虹焦躁地说，"一切都已经定了，怎么样？咱们就得分别么？"

"分别？——永远不能再见你——"江玫看着那耶稣受难的

像，她仿佛看见那像后的两粒红豆。

"完全可以不分别，永不分别！玫！只要你说一声同我一道
走，我的小姑娘。"

"不行。"

"不行？你就不能为我牺牲一点！你说过只愿意跟我在一起！"

"你自己呢？"江玫的目光这样说。

"我嘛！我走的路是对的。我绝不能忍受看见我爱的人去过那
种什么'人民'的生活！你该跟着我！你知道吗！我从来没有这
样求过人！玫！你听我说！"

"不行。"

"真的不行么？你就像看见一个临死的人而不肯去救他一样，
可他一死去就再也不会活转来了。再也不会活了！走开的人永远
也不会再回来。你会后悔的，玫！我的玫！"他用力摇着江玫
的肩。

"我不后悔。"

齐虹看着她的眼睛，还是那亮得奇怪的火光。他叹了一口气：
"好，那么，送我下楼罢。"

江玫温柔地代他系好围巾，拉好了大衣领子，一言不发，送
他下楼。

纷飞的雪花在无边的夜里飘荡，夜，是那样静，那样静。他
们一出楼门，马上开过来一辆小汽车。从车里跳出一个魁梧的司
机。齐虹对司机摇摇手，把江玫领到路灯下，看着她，摇头，说：
"我原来预备抢你走的。你知道吗？你看，我预备了车，飞机票也
买好了。不过，我看了出来，那样做，你会恨我一辈子。你会的，
不是吗？"他拿出一张飞机票，也许他还希望江玫会忽然同意跟他

走，迟疑了一下，然后把它撕成几瓣。碎纸片混在飞舞的雪花中，不见了。"再见！我的玫。我的女诗人！我的女革命家！"他最后几句话，语气非常尖刻。江玫看见他的脸因为痛苦而变了形，他的眼睛红肿，嘴唇出血，脸上充满了烦躁和不安。江玫忽然想起，第一次看见他时，他脸上那种漠不关心，什么都看不见的神气。

江玫想说点什么，但说不出来，好像有千把刀子插在喉头。她心里想："我要撑过这一分钟，无论如何要撑过这一分钟。"她觉得齐虹冰凉的嘴唇落在她的额上，然后汽车响了起来。周围只剩了一片白，天旋地转的白，淹没了一切的白——

她最后对齐虹说的一句话就是"我不后悔"。

江玫果然没有后悔。那时称她革命家是一种讽刺，这时她已经真的成长为一个好的党的工作者了。解放后又渐渐健康起来的母亲骄傲地对人说："她父亲有这样一个女儿，死得也不算冤了。"

雪还在下着。江玫手里握着的红豆已经被泪水滴湿了。

"江玫！小鸟儿！"老赵在外面喊着，"有多少人来看你啦！史书记，老马，郑先生，王同志，还有小耗子——"

一阵笑语声打断了老赵不伦不类的通报。江玫刚流过泪的眼睛早已又充满了笑意。她把红豆和盒子放在一旁，从床边站了起来。

一九五六年十二月

百合花

茹志鹃

【关于作家】

茹志鹃(1925—1998),原籍浙江杭州,生于上海。1943年参加新四军,从事文化宣传工作。主要作品有:《关大妈》《高高的白杨树》《静静的产院》《百合花》《草原上的小路》等。茹志鹃与艺术家王啸平结婚,是当代著名作家王安忆的母亲。

【关于作品】

《百合花》发表于1958年,是当代文学史上的名篇。解放战争的战场上,在文工团工作的"我"被派往包扎所帮助工作,与一名刚入伍一年的小通讯员结识。通讯员质朴、善良、单纯,在去老百姓家借生活物资的过程中,与一位刚刚过门的新媳妇发生了一些无伤大雅的"尴尬事"。新媳妇原本不愿意借出仅有的一床绣有百合花的婚被,但当看到小通讯员战死沙场,她决然地将自己珍惜的婚被垫在了小战士的棺木里。

这篇小说虽然没有正面描写战场的硝烟与战火,但是小通讯员的生命转瞬即逝,还是让人深切地感受到战争的残酷。除此之外,小说中还存在一些幽微而深刻的元素。比如说,作品为什么

202

安排男性小通讯员，和一个丈夫不在家的新媳妇发生互动？为什么身为女性的"我"，经常是在两性关系的角度乐见小通讯员的"窘迫"？那一床象征着"洞房花烛"的百合花被子，最后垫在从未有过恋爱经历、为拯救别人而战死的小通讯员身下，又意味着什么？作者写得极其节制，我们也很难给出定论，但很明显故事中的象征、隐喻，触及了我们的潜意识领域。《百合花》正是因为展现出了这样的艺术水准，才永远被读者铭记。

一九四六年的中秋。

这天打海岸的部队决定晚上总攻。我们文工团创作室的几个同志，就由主攻团的团长分派到各个战斗连去帮助工作。大概因为我是个女同志吧，团长对我抓了半天后脑勺，最后才叫一个通讯员送我到前沿包扎所去。

包扎所就包扎所吧！反正不叫我进保险箱就行。我背上背包，跟通讯员走了。

早上下过一阵小雨，现在虽放了晴，路上还是滑得很，两边地里的秋庄稼，却给雨水冲洗得青翠水绿，珠烁晶莹。空气里也带有一股清鲜湿润的香味。要不是敌人的冷炮，在间歇地盲目地轰响着，我真以为我们是去赶集呢！

通讯员撒开大步，一直走在我前面。一开始他就把我摞下几丈远。我的脚烂了，路又滑，怎么努力也赶不上他。我想喊他等等我，却又怕他笑我胆小害怕；不叫他，我又真怕一个人摸不到那个包扎所。我开始对这个通讯员生起气来。

嗳！说也怪，他背后好像长了眼睛似的，倒自动在路边站下了。但脸还是朝着前面，没看我一眼。等我紧走慢赶地快要走近他时，他又噔噔噔地自个向前走了，一下又把我甩下几丈远。我实在没力气赶了，索性一个人在后面慢慢晃。不过这一次还好，他没让我撂得太远，但也不让我走近，总和我保持着丈把远的距离。我走快，他在前面大踏步向前；我走慢，他在前面就摇摇摆摆。奇怪的是，我从没见他回头看我一次，我不禁对这通讯员发生了兴趣。

刚才在团部我没注意看他，现在从背后看去，只看到他是高挑挑的个子，块头不大，但从他那副厚实实的肩膀看来，是个挺棒的小伙。他穿了一身洗淡了的黄军装，绑腿直打到膝盖上。肩上的步枪筒里，稀疏地插了几根树枝，这要说是伪装，倒不如算作装饰点缀。

没有赶上他，但双脚胀痛得像火烧似的。我向他提出了休息一会儿后，自己便在做田界的石头上坐了下来。他也在远远的一块石头上坐下，把枪横搁在腿上，背向着我，好像没我这个人似的。凭经验，我晓得这一定又因为我是个女同志的缘故。女同志下连队，就有这些困难。我着恼地带着一种反抗情绪走过去，面对着他坐下来。这时，我看见他那张十分年轻稚气的圆脸，顶多有十八岁。他见我挨他坐下，立即张皇起来，好像他身边埋下了一颗定时炸弹，局促不安，掉过脸去不好，不掉过去又不行，想站起来又不好意思。我拼命忍住笑，随便地问他是哪里人。他没回答，脸涨得像个关公，讷讷半晌，才说清自己是天目山人。原来他还是我的同乡呢！

"在家时你干什么?"

"帮人拖毛竹。"

我朝他宽宽的两肩望了一下，立即在我眼前出现了一片绿雾似的竹海，海中间，一条窄窄的石级山道，盘旋而上。一个肩膀宽宽的小伙，肩上垫了一块老蓝布，扛了几枝青竹，竹梢长长地拖在他后面，刮打得石级哗哗作响……这是我多么熟悉的故乡生活啊！我立刻对这位同乡，越加亲热起来。我又问：

"你多大了？"

"十九。"

"参加革命几年了？"

"一年。"

"你怎么参加革命的？"我问到这里自己觉得这不像是谈话，倒有些像审讯。不过我还是禁不住地要问。

"大军北撤时我自己跟来的。"

"家里还有什么人呢？"

"娘，爹，弟弟妹妹，还有一个姑姑也住在我家里。"

"你还没娶媳妇吧？"

"……"他绯红了脸，更加忸怩起来，两只手不停地数摸着腰皮带上的扣眼；半晌他才低下了头，笑了一下，摇了摇头。我还想问他有没有对象，但看到他这样子，只得把嘴里的话，又咽了下去。

两人闷坐了一会儿，他开始抬头看看天，又掉过来扫了我一眼，意思是在催我动身。

当我站起来要走的时候，我看见他摘了帽子，偷偷地在用毛巾拭汗。这是我的不是，人家走路都没出一滴汗，为了我跟他说话，却害他出了这一头大汗，这都怪我了。

我们到包扎所，已是下午两点钟了。这里离前沿有三里路，包扎所设在一个小学里，大小六个房子组成品字形，中间一块空地长了许多野草，显然，小学已有多时不开课了。我们到时屋里已有几个卫生员在弄着纱布棉花，满地上都是用砖头垫起来的门板，算作病床。

我们刚到不久，来了一个乡干部，他眼睛熬得通红，用一片硬拍纸插在额前的破毡帽下，低低地遮在眼睛前面挡光。他一肩背枪，一肩挂了一杆秤；左手挎了一篮鸡蛋，右手提了一口大锅，呼哧呼哧地走来。他一边放东西，一边对我们又抱歉又诉苦，一边还喘息地喝着水，同时还从怀里掏出一包饭团来嚼着。我只见他迅速地做着这一切，他说的什么我就没大听清。好像是说什么被子的事，要我们自己去借。我问清了卫生员，原来因为部队上的被子还没发下来，但伤员流了血，非常怕冷，所以就得向老百姓去借。哪怕有一二十条棉絮也好。我这时正愁工作插不上手，便自告奋勇讨了这件差事，怕来不及就顺便也请了我那位同乡，请他帮我动员几家再走。他踌躇了一下，便和我一起去了。

我们先到附近一个村子，进村后他向东，我往西，分头去动员。不一会儿，我已写了三张借条出去，借到两条棉絮、一条被子，手里抱得满满的，心里十分高兴，正准备送回去再来借时，看见通讯员从对面走来，两手还是空空的。

"怎么，没借到？"我觉得这里老百姓觉悟高，又很开通，怎么会没有借到呢，我有点儿惊奇地问。

"女同志，你去借吧！……老百姓死封建。"

"哪一家？你带我去。"我估计一定是他说话不对，说崩了。借不到被子事小，得罪了老百姓影响可不好。我叫他带我去看看。但他执拗地低着头，像钉在地上似的，不肯挪步。我走近他，低声地把群众影响的话对他说了。他听了，果然就松松爽爽地带我走了。

我们走进老乡的院子里，只见堂屋里静静的，里面一间房门上，垂着一块蓝布红额的门帘，门框两边还贴着鲜红的对联。我们只得站在外面向里"大姐大嫂"地喊，喊了几声，不见有人应，但响动是有了。一会儿，门帘一挑，露出一个年轻媳妇来。这媳妇长得很好看，高高的鼻梁，弯弯的眉，额前一绺蓬松松的刘海。穿的虽是粗布，倒都是新的。我看她头上已硬翘翘地挽了髻，便大嫂长大嫂短地对她道歉，说刚才这个同志来，说话不好别见怪等等。她听着，脸扭向里面，尽咬着嘴唇笑。我说完了，她也不作声，还是低头咬着嘴唇，好像忍了一肚子的笑料没笑完。这一来，我倒有些尴尬了，下面的话怎么说呢！我看通讯员站在一边，眼睛一眨不眨地看着我，好像在看连长做示范动作似的。我只好硬了头皮，讪讪地向她开口借被子了，接着还对她说了一遍共产党的部队，打仗是为了老百姓的道理。这一次，她不笑了，一边听着，一边不断向房里瞅着。我说完了，她看看我，看看通讯员，好像在掂量我刚才那些话的斤两。半晌，她转身进去抱被子了。

通讯员趁这机会，颇不服气地对我说道："我刚才也是说的这几句话，她就是不借，你看怪吧！"

我赶忙白了他一眼，不叫他再说。可是来不及了，那个媳妇抱了被子，已经在房门口。被子一拿出来，我方才明白她刚才为什么不肯借的道理了。这原来是一条里外全新的新花被子，被面是假洋缎的，枣红底，上面撒满白色百合花。她好像是在故意气通讯员，把被子朝我面前一送，说："抱去吧。"

我手里已捧满了被子，就一努嘴，叫通讯员来拿。没想到他竟扬起脸，装作没看见。我只好开口叫他，他这才绷了脸，垂着眼皮，上去接过被子，慌慌张张地转身就走。不想他一步还没走出去，就听见"嘶"的一声，衣服挂住了门钩，在肩膀处，挂下一片布来，口子撕得不小。那媳妇一面笑着，一面赶忙找针拿线，要给他缝上。通讯员却高低不肯，夹了被子就走。

刚走出门不远，就有人告诉我们，刚才那位年轻媳妇，是刚过门三天的新娘子，这条被子就是她唯一的嫁妆。我听了，心里便有些过意不去，通讯员也皱起了眉，默默地看着手里的被子。我想他听了这样的话一定会有同感吧！果然，他一边走，一边跟我嘟哝起来了。

"我们不了解情况，把人家结婚被子也借来了，多不合适呀！"我忍不住想给他开个玩笑，便故作严肃地说："是呀！也许她为了这条被子，在做姑娘时，不知起早熬夜，多干了多少零活积起来的钱，或许她曾为了这条花被，睡不着觉呢。可是还有人骂她死封建……"

他听到这里，突然站住脚，待了一会儿，说："那……那我们送回去吧！"

"已经借来了，再送回去，倒叫她多心。"我看他那副认真、为难的样子，又好笑，又觉得可爱。不知怎么的，我从心底爱上了这个傻乎乎的小同乡。

他听我这么说，也似乎有理，考虑了一下，便下决心似的说："好，算了。用了给她好好洗洗。"他决定以后，就把我抱着的被子，统统抓过去，左一条、右一条地披挂在自己肩上，大踏步地走了。

回到包扎所以后，我就让他回团部去。他精神顿时活泼起来了，向我敬了礼就跑了。走不几步，他又想起了什么，在自己挂包里掏了一阵，摸出两个馒头，朝我扬了扬，顺手放在路边石头上，说："给你开饭啦！"说完就脚不点地地走了。我走过去拿起那两个干硬的馒头，看见他背的枪筒里不知在什么时候又多了一枝野菊花，跟那些树枝一起，在他耳边抖抖地颤动着。

他已走远了，但还见他肩上挂下来的布片，在风里一飘一飘。我真后悔没给他缝上再走。现在，至少他要裸露一晚上的肩膀了。

包扎所的工作人员很少。乡干部动员了几个妇女，帮我们打水，烧锅，做些零碎活。那位新媳妇也来了，她还是那样，笑眯眯地抿着嘴，偶然从眼角上看我一眼，但她时不时地东张西望，好像在找什么。后来她到底问我说："那位同志弟到哪里去了？"我告诉她同志弟不是这里的，他现在到前沿去了。她不好意思地笑了一下说："刚才借被子，他可受我的气了！"说完又抿了嘴笑着，动手把借来的几十条被子、棉絮，整整齐齐地分铺在门板上、桌子上（两张课桌拼起来，就是一张床）。我看见她把自己那条白百合花的新被，铺在外面屋檐下的一块门板上。

天黑了，天边涌起一轮满月。我们的总攻还没发起。敌人照例是忌怕夜晚的，在地上烧起一堆堆的野火，又盲目地轰炸，照明弹也一个接一个地升起，好像在月亮下面点了无数盏的汽油灯，把地面的一切都赤裸裸地暴露出来了。在这样一个"白夜"里来攻击，有多困难，要付出多大的代价啊！我连那一轮皎洁的月亮，也憎恶起来了。

乡干部又来了，慰劳了我们几个家做的干菜月饼。原来今天是中秋节了。

啊！中秋节，在我的故乡，现在一定又是家家门前放一张竹茶几，上面供一副香烛、几碟瓜果月饼。孩子们急切地盼那炷香快些焚尽，好早些分摊给月亮娘娘享用过的东西。他们在茶几旁边跳着唱着："月亮堂堂，敲锣买糖……"或是唱着："月亮嬷嬷，照你照我……"我想到这里，又想起我那个小同乡，那个拖毛竹的小伙，也许，几年以前，他还唱过这些歌吧！……我咬了一口美味的家做月饼，想起那个小同乡大概现在正趴在工事里，也许在团指挥所，或者是在那些弯弯曲曲的交通沟里走着哩！

一会儿，我们的炮响了，天空划过几颗红色的信号弹，攻击开始了。不久，断断续续地有几个伤员下来，包扎所的空气立即紧张起来。

我拿着小本子，去登记他们的姓名、单位，轻伤的问问，重伤的就得拉开他们的符号，或是翻看他们的衣襟。我拉开一个重彩号的符号时，"通讯员"三个字使我突然打了个寒战，心跳起来。我定了下神才看到符号上写着×营的字样。啊！不是，我的同乡他是团部的通讯员。但我又莫名其妙地想问问谁，战地上会不会漏掉伤员。通讯员在战斗时，除了送信，还干什么——我不知道自己为什么要问这些没意思的问题。

战斗开始后的几十分钟里，一切顺利，伤员一次次带下来的消息，都是我们突击第一道鹿砦，第二道铁丝网，占领敌人前沿工事打进街了。但到这里，消息忽然停顿了，下来的伤员，只是简单地回答说"在打"，或是"在街上巷战"。但从他们满身泥泞、极度疲乏的神色上，甚至从那些似乎刚从泥里掘出来的担架上，大家明白，前面在进行着一场什么样的战斗。

包扎所的担架不够了，好几个重彩号不能及时送后方医院，耽搁下来。我不能解除他们任何痛苦，只得带着那些妇女，给他们拭脸洗手，能吃得的喂他们吃一点，带着背包的，就给他们换一件干净衣裳，有些还得解开他们的衣服，给他们拭洗身上的污泥血迹。

做这种工作，我当然没什么，可那些妇女又羞又怕，就是放不开手来，大家都要抢着去烧锅，特别是那新媳妇。我跟她说了半天，她才红了脸，同意了。不过只答应做我的下手。

前面的枪声，已响得稀落了。感觉上似乎天快亮了，其实还只是半夜。外边月亮很明，也比平日悬得高。前面又下来一个重伤员。屋里铺位都满了，我就把这位重伤员安排在屋檐下的那块门板上。担架员把伤员抬上门板，但还围在床边不肯走。一个上了年纪的担架员，大概把我当作医生了，一把抓住我的膀子说："大夫，你可无论如何要想办法治好这位同志呀！你治好他，我……我们全体担架队员给你挂匾！……"他说话的时候，我发现其他的几个担架队员也都睁大了眼盯着我，似乎我点一点头，这伤员就立即会好了似的。我心想给他们解释一下，只见新媳妇端着水站在床前，短促地"啊"了一声。我急拨开他们上前一看，我看见了一张十分年轻稚气的圆脸，原来棕红的脸色，现已变得灰黄。他安详地阖着眼，军装的肩头上，露着那个大洞，一片布还挂在那里。

"这都是为了我们，"那个担架员负罪地说道，"我们十多副担架挤在一个小巷子里，准备往前运动，这位同志走在我们后面，可谁知道狗日的反动派不知从哪个屋顶上扔下颗手榴弹来，手榴弹就在我们人缝里冒着烟乱转，这时这位同志叫我们快趴下，他自己就一下扑在那个东西上了……"

新媳妇又短促地"啊"了一声。我强忍着眼泪，给那些担架员说了些话，打发他们走了。我回转身看见新媳妇已轻轻移过一盏油灯，解开他的衣服；她刚才那种忸怩羞涩已经完全消失，只是庄严而虔诚地给他拭着身子。这位高大而又年轻的小通讯员无声地躺在那里……我猛然醒悟地跳起身，磕磕绊绊地跑去找医生。等我和医生拿了针药赶来，新媳妇正侧着身子坐在他旁边。

她低着头，正一针一针地在缝他衣肩上那个破洞。医生听了听通讯员的心脏，默默地站起身说："不用打针了。"我过去一摸，果然手都冰冷了。新媳妇却像什么也没看见，什么也没听到，依然拿着针，细细地、密密地缝着那个破洞。我实在看不下去了，低声地说："不要缝了。"

她却对我异样地瞟了一眼，低下头，还是一针针地缝。我想拉开她，我想推开这沉重的氛围，我想看见他坐起来，看见他羞涩的笑。但我无意中碰到了身边一个什么东西，伸手一摸，是他给我开的饭，两个干硬的馒头……

卫生员让人抬了一口棺材来，动手揭掉他身上的被子，要把他放进棺材去。新媳妇这时脸发白，劈手夺过被子，狠狠地瞪了他们一眼，自己动手把半条被子平展展地铺在棺材底，半条盖在他身上。卫生员为难地说："被子……是借老百姓的。"

"是我的——"她气汹汹地嚷了半句，就扭过脸去。在月光下，我看见她眼里晶莹发亮，我也看见那条枣红底色上、洒满白色百合花的被子，这象征纯洁与感情的花，盖上了这位平常的、拖毛竹的青年人的脸。

陶渊明写《挽歌》

陈翔鹤

【关于作家】

陈翔鹤（1901—1969），重庆人。20世纪20年代参与组织文学社团浅草社、沉钟社，30年代末参加革命，五六十年代主要从事古典文学研究工作，担任《文学遗产》（《光明日报》学术专刊）主编。

【关于作品】

20世纪60年代初，中国在经历"大跃进"之后，开始实行退却式调整。周扬等人提出，可以多写历史题材作品。于是文学界涌现了《陶渊明写〈挽歌〉》《广陵散》《杜子美还家》等一批历史题材短篇小说。

陈翔鹤这篇作品用现代语言塑造了归隐之后的陶渊明形象。他和无心读书、专事农业的二儿子一家生活在一起，每天喝酒、思考，偶尔外出与朋友聚会。虽然陶渊明已经"退隐"，但他和名利场之间的关系未曾断绝。他既看不惯排场宏大的慧远法师，也对江州刺史的登门邀请避之唯恐不及，而对自己简朴甚至简陋的生活怡然自得。

在波谲云诡的时代政治中，陈翔鹤的叙事中有一丝"倦怠"味道。对于陶渊明而言，时间和声名、财富同在一个价值尺度上，自由地把握自己生命中的有限时间，比身不由己地追名逐利、承担风险更有意义。这篇小说发表距离今天已经有快六十年了，但它的内涵对于今天仍然适用。前些年"佛系"一词在网络上爆红，近些年人们对于"低欲望生活"的讨论也不绝于耳，这些都与陈翔鹤笔下的陶渊明有着或隐或显的精神联系。

一

在六朝时候宋文帝元嘉四年，陶渊明已经满过六十二岁、快达六十三岁的高龄了。近三四年来，由于田地接连丰收，今年又是一个平年，陶渊明家里的生活似乎比以前要好过一些。尤其是在去年颜延之被朝廷任命去做始安郡太守，路过浔阳时，给他留下了二万钱，对他生活也不无小补。虽说陶渊明叫儿子把钱全拿去寄存到镇上的几家酒店，记在账上，以便随时取酒来喝，其实那个经营家务的小儿子阿通，却并未照办，只送了半数前去，其余的便添办了些油盐和别的家常日用物；这种情形，陶渊明当然知道，不过在向来不以钱财为意的陶渊明看来，这也算不得什么，因此并不再加过问。

在身体健康方面，虽说陶渊明自四十一岁归田以后，即"躬耕自资，遂抱羸疾"，但在六十岁以前，他却仍然不断地参加部分劳动。只是当他满过六十岁之后，他才把锄头交给儿子，说："不成不成，手脚骨头都松了，使用不得力，这些事只好交给你们来做了！"此后即很少自己动手，只于早晚间负手到田垅间去看看桑麻禾黍，一面温习温习自己心爱的诗篇。

这一年浔阳的秋天，来得似乎比哪年都早；每到早晚间，八月里的瑟瑟秋风便使人倍加有畏缩之感。这一天早晨，天刚一放亮，陶渊明便起来了。昨夜他在床上翻腾了一整夜。昨天在庐山东林寺给他的不愉快的印象实在太深了，这不能不逼使他去思考一些问题。因为他去庐山，本来是想同慧远法师谈谈，同时也想在庙里住上三几天，静静脑筋，换换空气。却不料一到东林寺，就遇见那里正在大办法事，来烧香的人真有如穿梭一般，进进出出，十分闹杂。而尤其令他不愉快的，便是那盘腿打坐在大雄宝殿正中的慧远和尚的那种近于傲慢、淡漠而又装腔作势的态度。这与他平时的为人是完全两样的。他头戴毗卢帽，身披绯色罗袈裟，前后左右还围着有一大群年轻俊美的小和尚，手中各持着铜唾盂、白玉柄尘尾、紫丝布巾帨等类的东西，俨然是另一种达官贵人的派头。只见他半闭着眼睛，两手合十，一让香客们在他座前四礼八拜，脸上纹风不动，连一点表情都没有；真不知他是在睡觉呢还是在闭目养神。法会一会儿正式开始了，首先由僧徒们高声奉诵一遍《无量寿佛经》，然后又由刘遗民来大念一遍他自己作的所谓"发愿文"，次即是由白莲社中的社友们一齐向慧远和尚顶礼膜拜；然后又由会众大声宣扬一阵"南无阿弥陀佛，观世音菩萨，大势至菩萨"的佛号，便算散会。这时他才微微地动了一下眼皮，在钟鼓齐鸣中，喃喃念道："揭谛揭谛，波罗揭谛，波罗僧揭谛，菩提萨婆诃！"念毕这种神秘而又令人难懂的咒语之后，他什么也没有说，便下得座来起身入内了。对于那些匍匐在地面上的会众，连正眼都不曾看一眼，更不用说和气地来同大家打个招呼！这种毫不理会大家的态度，给陶渊明以一种大有"我慢"之概的印象。而这种"我慢"，又正是慧远本人对陶渊明所时常提起，认为是违反佛理的。

"渊明公，你看这个念佛法会怎样？"到禅堂里坐下喝茶时，刘遗民对他这样问道。还不等他回答，周续之接着便说："真正是名山胜会，世间少有啊！我看渊明公还是加入我们白莲社的好。慧远法师不是说你加入之后，还是特许可以喝酒吗？""对，对！还是加入的好。'浔阳三隐'中有两位都已经加入，渊明公再一加入，那便算是全数了！"只听得张野、张铨、宗炳、雷次宗等陶渊明儒学中的朋友，当时所谓知名人士的，都一齐异口同声地来劝说。"让我再想想看。人生本来就很短促，并且活着也多不容易啊！在我个人想，又何必用敲钟敲鼓来增加它的麻烦呢？"陶渊明边说边立起身来，打算出去。"你不坐坐，吃过午斋，去同法师谈谈再走吗？"大家齐声说。"不用啦，今天人多，他也很忙，改天再来。"陶渊明记得自己昨天正是这样起身回家的。

虽说"背负炉峰（香炉峰），旁带瀑布"的东林寺离陶渊明的住处柴桑山的栗里只不过二十多里地，可是陶渊明这次走起来却觉得比往常任何一次都吃力。他停停走走地一直到将近黄昏时候才回到了家。在喝过一碗稀粥之后，他便上床睡觉了。他一方面虽然觉得自己腿酸腰疼，疲乏不堪，但一方面想睡却又睡不着。而更可恶的是那种"铛、铛、铛、铛"的东林寺的钟声，于蒙眬半睡中，还不住阴一下阳一下地在他耳边鸣响。"看来东林寺以后是不能再去啦，这些和尚真作孽，总是想拿敲钟敲鼓来吓唬人。

最可笑的还有刘遗民、周续之那一般人，平时连朝廷的征辟也都不应，可是一见了慧远和尚就那样的磕头礼拜，五体投地！是不是这可以说明，他们对于生死道理还有所未达呢？死，死了便了，一死百了，又算得个什么！哪值得那样敲钟敲鼓地大惊小怪！佛家说超脱，道家说羽化，其实这些都是自己仍旧有解脱不了的东西。"陶渊明就像这样地想着想着，直翻腾了一整夜。

<h1 style="text-align:center">二</h1>

此刻，陶渊明是坐在他茅屋前面过道间的靠背胡床上面了。这还是他大儿子阿舒十多年前，在修盖这所草屋时替他出的主意：即是把房檐尽量放得宽些，简直有堂屋一般的宽，目的是好招待来拜访的客人。不想这样一来，陶渊明却得到受用了，因为他近年来除了爱在床上躺躺之外，就喜欢斜倚在这过道间的胡床上，有时读读书，想想诗，望望南山，听听松涛和想想心事；有时也同来找他谈天的邻居们研究研究收成，话话桑麻；如果当家酿黍酒新熟时，就同他们和和融融、喜笑颜开地喝上几杯。

昨天夜晚刚下过一点儿小雨。屋檐下的几棵柳树，虽然在中秋的微寒里已经不再苗长了，而且叶子已有点儿发黄，但早晨乡间的空气还是那般清新，简直分辨不出哪是篱边黄菊的芬芳，哪是田野间残稻的谷香。陶渊明情不自禁地深深呼吸了几口长气。他因昨晚不曾睡好，虽然觉得头有些发晕、口有些发苦、腰也有些发痛，但这一派远远近近的山光树影，薄雾流云，仍不能不使这位饱经忧患的老诗人，很自然地想要去停止一切不愉快的思考，好让自己安静一下。但秋天清晨的寒气又使得陶渊明不得不把身上的灰布单袍往紧里裹了一裹。"真正是秋天了呀！'良辰在何许，凝霜沾衣襟。'阮嗣宗的《咏怀诗》可真正作得不错。还有呢，'感物怀殷忧，悄悄令心悲，多言焉所告，繁辞将诉谁'。像这样的好诗，恐怕只有他一人才能写得出来啦。我的诗似乎可以不必再写了，只消读读他的《咏怀诗》也满够味的。"陶渊明不自禁地想起了他平时最心爱的阮诗来。他念着，念着，轻轻地频频地摇着头，好像是要把那些使人瑟缩的秋气赶跑似的。

就在这时候，一个身穿白布小褂，青布裤子的小孩，一蹦一跳地从后面跑出来了。这个孩子八岁左右，皮肤黑黑的，全身胖乎乎的。"呀，我知道，我知道，爷爷昨天又去庐山来着。总不带我去，我不答应。"他边说边扑到陶渊明的怀里来，用手去摸摸陶渊明的灰白胡子。"你走得动吗？我去的时候还是西头的王家叔叔用篮舆抬我去的，回来自己走，可就不行啦，二十多里地就一直走到天黑。"陶渊明边说边抓住孙儿的两只小手，不让他去弄乱他的胡须。"我走得动，走得动，等下一回，你一定要带我去，我跟着你篮舆走，一大步一大步地跨。""小牛，你等不到。以后恐怕我就不会再去庐山啦。唉，不会再去啦！""干什么不？我就一个人也要去。庐山真好玩儿。我就喜欢摸小和尚的脑袋。我摸他们，他们也摸我。上回我还同他们捉蜻蜓来着。真好玩儿。""嗯……"陶渊明觉得对孩子简直无理可说，便只得这样嗯了一声。

"哎，小牛，快下来！我不告诉过你，爷爷乘不起你吗？还是那样不听话！"这时那个陶渊明的小儿媳妇已托着一个茶盘走了出来。她约有三十岁左右，身体壮健，足穿草履，身着青衣，发髻挽得高高的，眉目间颇带一点秀气。她一面嚷着，将茶盘放到矮矮的小白木几上，便动手去拉那个淘气的小孩。"不要紧，还乘得起，就让他这样吧！"陶渊明摸着小孙儿头上的两个丫角爱抚地说，同时又抬起头去望了儿媳妇一眼，在他黑瘦清秀的方脸上不觉已露出了一点笑容。"这是南山上刚才摘下来的秋茶，昨天夜晚才炒好，请爷爷尝尝，看可合口味？"她恭顺地说了，随即斟出一杯碧绿的茶水递给陶渊明。"给我喝，给我喝……"孩子又在撒娇了。"好，好。我们大家都喝。媳妇，你辛苦，也来喝上一杯。"陶渊明一面给孩子喝茶一面要媳妇再去取个杯子。"我不忙。昨天爷爷那样晚才回来，可把您累着了？要早知道您在庙里只坐一会儿就走，那便不该把篮舆打发回来了，老年人哪里走得了这样多的路！""不，不，还可以。阿通呢，下田去了吗？""哪里，他还睡着呢。稻子一收上坡，他就该睡懒觉啦。有事吗？我去喊他。""没事，没事，让他睡着吧。年轻人能睡得着觉总是好的。"陶渊明说到这里蹙起眉，轻轻叹了一口气，看来他又是觉得腰有些发痛了。

　　这个媳妇仍然在陶渊明身边站着没有走，似乎尚有所待。陶渊明又抬起头来疑问地望了她一眼。"昨天下午爹来啦，他还等了您老人家半天呢。"她关心地说。"找我可有事情？""他把您的诗稿都拿走了。"听到这里，陶渊明在心内不禁也为之一惊。他间歇了一会儿才又追问："他这是什么意思，拿去做什么用呢？""据他老人家说，他找到一个什么字写得不错的书手，打算把您的诗拿去重抄一遍，装订起来，以留作传家之宝。等再过两天，我一定去把稿子要回来……本来嘛，我就有点儿不大放心，怕有遗失。"她说罢将头低了下去，仿佛做了一件什么错事似的。"哦，原来这样！那就让它去吧。当然，如果把稿子失掉了也是可惜的。""不！过两天我一定自己去要回来！""好媳妇，你又何必这样性急呢，等过些时候再说吧。稿子又不比可以吃得的东西，你还怕些什么！""唉，我本来就不愿意给的，可是他老人家执意要拿去，真是叫人为难。""给了就算了吧。不用去管它。写着玩的东西，本来就不值得什么，哪用得着这样担心！"陶渊明说毕，又望了儿媳一眼，同时有一种暖乎乎的感觉袭上心来。他简直没想到在自己的家里，竟有人会这样珍视他的诗篇。随着，这个少妇便拿起一个竹耙，走到篱笆外面去了。

至于说到对这位小儿媳妇的选择，陶渊明起初还是有所考虑的，因为新娘的父亲庞逖之曾经做过江州刺史刘弘的后军功曹，家里又广有田产，他恐怕她过得门来不能吃苦安贫。何况阿通又有一种粗声粗气的蛮脾气。可是他的那个以爱管闲事著名的故人庞通之，却竭力向他担保说："行！我说行就行。难道我自己的亲侄女儿都不了解？她念的《列女传》《论语》《诗经》，都还是我一手教出来的呢。姑娘是个不多言多语的好姑娘，平时又很喜欢诗，你的许多诗她都能背得过来……固然，老头儿有些俗气、讨厌，贪财好名。不过我们娶的是姑娘，而不是那个老头儿。"

过门后，问题果然出来了。首先是大哥阿舒的老婆对新娘感情不好，不肯再管家；等庞家姑娘动手管家了，她又嫌别人管得不好、太费；接着就吵着要分家（陶渊明的其他三个儿子，因为小孩多，早就自立门户了）；这时庞逖之也出来说了话，于是，平素就很不喜欢生活关系闹得复杂的陶渊明，才决定让他们各自东西，而自己仍同阿通夫妇一同过日子。所幸他所租得庞逖之的三十多亩田，近三四年来收成也还不错，而阿通在庄稼上又是个全把式，孩子也只有小牛一个，再加上陶渊明和儿媳妇两个帮着薅薅锄锄，他们的日子总算勤巴苦做地度过去了。

陶渊明是从三十岁起就开始过独身生活的。他的两个妻室都早已前后亡故，只有那个"夫耕于前，妻锄于后"的继室翟氏，他对她始终保持着一种优美和崇高的柔情。而阿通又正是翟氏所生的，（老二、老三、老四也都与阿通同母）因此他对于这个有点儿蛮脾气的小儿子便更加爱惜，不愿同他离开。一个独身生活过得太久的人，常常是有许多怪脾气的。比如说，不大注意室内清洁，不许别人动用他的东西之类，陶渊明也不例外。可是这种独身汉的生活习惯，到他五十六岁的那年，却被一场严重的痢疾破除了。这时陶渊明病倒床上，看看已入危境，于是这个庞家姑娘才不避嫌疑，大胆地前去看护他，亲自替他换洗衣衾，侍奉汤药。等到病慢慢好了，这个少妇才真正成为这一家之主。而陶渊明也才重新感到有人照顾他生活的家庭之乐。

近几年来，陶渊明又一连遇见了一些就连他自己也不大能理解的事情——那即是他不懂得为什么如本州（江州）刺史那样的大官儿总爱来同他攀亲论友。首先是刺史王弘，接着又是刺史檀道济。而最使他不高兴的便要数檀道济来拜访的那一次了。他带有许多兵马前来，吆吆喝喝，简直把一个栗里村闹得天翻地覆；老乡们家家关门闭户，一直等他走了以后才敢探出头来。

陶渊明对于这个一州之长，自然是待之以礼。而檀刺史呢，在他高谈阔论了一阵什么贤者处世应当"天下无道则隐，有道则至"之后，竟至又说起打算要送他几百斛粳米和多少口猪羊这类的话来了。这使得"逃禄归耕"、一向不肯轻易接受人钱财的陶渊明，不禁觉得登时两颊有些发烧起来。因此他才拱了拱手，断然决然地说："这绝不敢当，绝不敢当，粳米猪羊之类一定不能接受！我陶潜（这是他在刘裕夺取了晋朝政权以后所取的新名字）

哪里够得上称什么'贤者'呢！这并不是我故意装腔作势，只是由于个人的夙愿，不敢妄与那些借归隐为高、一心取得高官厚禄的'贤者'高攀，如此而已！"话不投机半句多。知道谈不下去了，于是这个聪明的檀刺史便拿出赳赳武夫的派头，立起身来大声地说："到州里来坐坐吧。我一定大张筵席地招待你！""好，再见。改天一定来拜访。"这样才结束了这次颇为不愉快的会谈。事过之后，陶渊明又不得不再三去向邻里们解释，说檀刺史是他自己来的，而不是由于他的招请。"真正对不起得很，惊动了大家，惹起这许多麻烦。""还好，还好，幸喜那些兵大爷们没有去捉我们的鸡鸭。"一个老乡说。"近几年来，催收赋税的衙役们好像对我们都要客气得多啦，想来是沾了你老人家的光！"另一个深谙世故的老人说。"唉，老邻居，我们都已经是白发苍苍的老人了啊，哪里还禁得起这样的吵闹。我不图别的，只希望那些豪门大官儿们不要再到这儿来，让我们安安静静地过日子就求之不得啦！看来诗还是作不得的，诌了几句诗，就会引起一些无聊的人前来麻烦！"像这样，陶渊明才算结束了他的"善后工作"。

三

　　就在从庐山回来第二天的当晚，经过一整天躺着休息之后，陶渊明的心情似乎已经平静得多了，腰虽然还有点儿疼，但头却已经不再发晕了。到用晚饭的时候，陶渊明又看见他儿媳端出两大盘风鸡和糟鱼来。"嘿，了不起，哪里来的这许多好东西？"陶渊明惊疑而又奇怪地问。"还不是爹带来的。两边都是老人家，真是收下不好，不收下也不好。"因为这个摸熟了陶渊明脾气的聪敏儿媳妇知道，如果公公一不高兴，他是连筷子也都不会去动的，于是她才这样惴惴然地解释说，同时更借着灯光去窥探陶渊明的脸色。近些年来，特别是在有了孙儿小牛以后，陶渊明对于儿媳的神态不觉已经变得柔和、温存得多了，有时还可以说有意去揣摩和投合她的心意。"总是这样时常地道谢他老人家。好，有了好菜，我们大家都来喝上几杯。阿通，你用大碗喝我的菊花酒，我喝糯米酒。媳妇儿也不能不喝。只有一个人喝酒就太没意思啦！"陶渊明的这种兴致，显然是为了要投合他儿媳的心意。

他们父、子、儿媳三人围着一张黑漆矮饭桌，席地坐下了。阿通平时不大爱开口，但喝起酒来，正同他种庄稼一样是个能手。他大口大口地喝着，在他晒得熏黑的圆脸上，也不时露出一种开朗的笑容来。

"你爸爸老啦，下不得田啦。不知道现刻家里可还有什么困难没有？你大哥、三哥孩子多，想来一定是有困难的。你爸爸没本领，脾气又怪，不能够去升官发财，让你们弟兄书都读得很少，阿通尤其识字不多，这不能不算是我当爸爸的人的一种不到之处！"在喝过两杯之后，陶渊明不禁又发起平日所时常爱发的感慨来了。"干吗爸爸总爱说这一些，读书有个屁用！你看颜延之叔叔做了一辈子官，到头还不充军似的到始安郡去做个什么太守。依我看，还是地不哄人，你挖多少锄就能有多少锄的收成！我就不喜欢读书，也不喜欢读书人。大哥因为多读了几句书，说起话来就总有些酸溜溜的，让人家听不懂。我不高兴和他说话，好多人都不高兴和他说话。"阿通说罢，大大地喝了一口酒，咂了一咂嘴，又用他粗大的手掌去把嘴唇抹了一下。

"爸爸说话，你好好地听着不好吗？"那个知书识礼的媳妇正

223

想制止丈夫的说话。

"不，不。他说得对，说得很对！颜延之是个好人，就是名利心重，官瘾大了点。上回他来，还同我吵架呢。他把自己诗写得不好，归罪于公务太忙，没有时间去推敲。其实哪里是这样。他一天到晚都在同什么庐陵王、豫章公这一些人搞在一起，侍宴啦，陪乘啦，应诏赋诗啦，俗务萦心，患得患失，哪还有什么诗情画意？没有诗情，又哪里来的好诗！你看，我所认为好的他的那几首《五君咏》，还不是他官做得不如意的时候写的。除此之外，可就不大高明啦。不过他人总是个好人，讲义气，重朋友，一喝起酒来，便把什么俗情都忘却了。这不能不说他是颇懂得一点酒中真味的。唉，人一老了，就净爱去想些莫名其妙的事情，说不定他从始安郡回来，就不大可能再看见我了！"陶渊明用手理了理胡须，又满满地干了一杯。"因此，在这两天，我很想把那几首《挽歌》和那篇《自祭文》写完，好留给像颜延之那样的故友们看看。"言下似乎不胜感慨。

"爸爸昨天上庐山见着那个慧远和尚没有？你不说要在那里住上两天吗？干吗当天就回来了呢？"庞家姑娘担心地问。

"见是见着啦，只是没有得着机会说话。他们正在做什么念佛法会。这位大法师，就欢喜装腔作势，净拿些什么'三界不安犹如火宅'，生啦死啦的大道理来吓唬人。我就不喜欢听这些。"

"'未知生，焉知死？'还是孔老夫子说得对呀。"儿媳妇又在运用她的《论语》知识了。其实这一句也正是陶渊明所时常引用的。

"简直乌七八糟，可恶得很！其实眼睛里恐怕还是在望着那几个大钱上！"阿通在喝过两大碗酒之后，话也多起来了。

　　"话不能那样说。慧远和尚倒是戒律很严，不爱钱财的。我所看重他的就在于三件事情：第一，他写过五篇《沙门不敬王者论》，而且又博通六经，更懂得老庄的道理，讲起经来也还不是那样干巴巴的；第二，他不许可那个架子很大、拿富贵来骄人的谢灵运加入白莲社；第三，他竟敢去同那个杀人不眨眼的贼头儿卢循'欢然道旧'，一点也不怕得附逆之罪的名声。这些都是要有点儿胆量、修养、本领的人才能做得到的。不过我同他究竟还是两路人。关于生死的看法，我同他就有很大的不同，当然我平时也不是不去思考这些。但说来说去还是二十多年前我在《归去来辞》里面说过的那两句话，'聊乘化以归尽，乐乎天命复奚疑'。慧远和尚再想同我辩论也辩论不出个什么道理来。他写过一篇《形尽神不灭论》，我也写过三首《形影神》诗来回答他。我主要的意见就在'纵浪大化中，不喜亦不惧。应尽便须尽，无复独多虑。'这四句当中。尽，就是完结。凡事有头就有尾，有开头就得有个完结。这不是很自然的吗？何况人活在世上又多么的不容易啊。即以咱们家里的事来做个比喻吧，你们死过两个母亲，一个堂叔叔（敬远），一个堂姑姑（程氏妹），在我四十四岁的时候大火又烧掉了我们的房子，简直烧得个精光，在这段时间，几乎大半要靠向别人借贷口粮过日子。你们弟兄也挨过饥、受过苦。像这样，没个完结，行吗？从反面讲，再以你爹为例吧，好媳妇，你说说看，如果每个人都像你爹那样，养得肥胖肥胖的，终日忙着见官见府，买田置地，没个了结，恐怕也不见得就行吧？"陶渊明说罢便不自禁哈哈大笑了起来，在他黑瘦的脸上不觉泛起了一层薄薄的酒晕。接着陶渊明又说："我讲个笑话给你听好吗？这还是前两天羊松龄告诉我的，可能是出于他自己的瞎编。不过也真有趣，这很能说明一些道理，说明佛家道理的不大能说得通。"

"爸爸，讲，讲吧，我就爱听爸爸讲笑话。"

"好多人都说爸爸讲的笑话有意思。"

阿通和他的媳妇都异口同声地要求着。

"那就说一个吧。据说，有个寒门素士去找一位有名的和尚谈道。那和尚爱理不理的，待他非常傲慢。碰巧一个大官儿到庙里来了，而那个老和尚接待他时，却亦步亦趋非常谦恭。等到官儿走了之后，这士子便责问他，为什么接待客人竟会有两种不同的面孔？老和尚就用禅语来回答说，'接是不接，不接是接！'这个士子听了实在不胜其愤，于是就在他秃头上狠狠捧了几巴掌，说，打是不打，不打是打！打过后便飘然而去了。你们说有意思没意思？……"陶渊明讲完后，大家都哄堂地笑了起来。阿通笑得更其痛快，接连说："该打，该打，打得好，打得好！"这时陶渊明早已经有些醉意阑珊了，他立起身来，而那个庞家姑娘就赶忙上前去搀扶着他，把他送入室内。

四

依照陶渊明平时的生活习惯，他总是爱在睡醒一觉之后又动手去做点事情，或者就斜靠在床上去想想在白天他所不大能弄得明白的事情；他这种爱躺在床上沉思默想的习惯，简直可以说已经成为几十年来的顽固习惯了。

今天夜晚，因为大家酒都喝得很高兴，风鸡和糟鱼的味道又很不错，所以隔壁阿通夫妇以及那个早就睡着了的小牛孙儿都睡得很香。等陶渊明一觉醒来，估计时间只不过三更左右。他感觉这几间草房似乎比任何时候都要显得清静，清静得几乎连窗外飞虫的展翅声全都可以听得出来。同时，那桌上的一盏黯淡的菜油灯也更衬托出这秋夜的萧索和静寂。秋夜是那样的静，静得简直有些令人难受。他半夜起身来，把灯芯拨亮了一下。本来打算下得床来，将自己早已打好腹稿的三首《挽歌》和那篇《自祭文》用纸笔记了下来的，可是从牛肋巴的窗孔间所吹进来的阵阵秋风，却使他接连打了两个喷嚏。同时他又感觉自己四肢无力，实在站立不起来。"果然人一到秋天便大大的不同了啊。脚软，站不起来，这不正表明我所有的时间不会太多了吗？"他心里这样嘀咕着，于是便放弃了要下床去动纸笔的念头，决定只斜靠在床上，依旧去思索他那不知思索过多少遍了的诗篇。

他从"有生必有死，早终非命促"起，在心内一直默念道"亲戚或余悲，他人亦已歌"止，本来这三首诗写到这里，他认为便可完结了的，可是庐山法会的钟鼓齐鸣，慧远和尚在会上的那种淡漠自傲和专门拿死来吓唬人的情景，蓦地又在他的脑子里闪现出来了。"嗨，不能够这样就算完结，还得同慧远辩论下去。再在这篇诗里面表示一下我对生死大事的最终看法吧！"于是他在诗的末尾又加上了"死去何所道，托体同山阿"这两句。"'死去何所道，托体同山阿'不错，死又算得个什么！人死了，还不是与山阿草木同归于朽。不想那个赌棍刘裕竟会当了皇帝，而能征惯战的刘牢之反而被背叛朝廷的桓玄破棺戮尸。活在这种尔虞我诈、你砍我杀的社会里，眼前的事情实在是无聊之极；一旦死去，归之自然，真是没有什么值得留恋的！……'死去何所道，托体同山阿'，好，这首诗，就该这样结束，不必再做什么添改的啦。"

陶渊明结束了《挽歌》之后，在他心里又默默地去念咏他那篇《自祭文》。这篇东西，因为酝酿时间相当地久，所以在他反复地吟诵了几遍，却仍然不曾发现有什么需得改动的地方。只是当他念到"……匪贵前誉，孰重后歌，人生实难，死之如何？鸣呼哀哉！"这最后五句时，一种湿漉漉、热乎乎的东西便不自觉地漫到了他的眼睫间来。这时他引为感慨的不仅是眼前的生活，而且还有他整个艰难坎坷的一生。

"'人生实难，死之如何'！难道这不是我对生死一事的素常看法吗？唉，脚都站不起来，老了，看来是真的老了啊！凡事得有个结束。明天得叫庞家儿媳妇回娘家去，请那位书手将我的诗稿多抄两份，好拣一份送给颜延之。他上回送我的二万钱，数目可真不算少呀。他不肯轻易送人，我也不是那种轻易收下赠物的人。"

想到这里，窗外的雄鸡，拍了拍翅膀，已高声啼唱起来了。